KB092652

죽으면 못 놀아

요양원으로부터의 사색

물리적·심리적으로 난관이 많은 추천사였다. 내용 정리하려고 밑줄 긋기 시작했는데 거의 다 그었다. 읽다가 자주 눈물이 났고 거기에 털 날 걱정도 잊은 채 더 자주 킥킥거렸다. 산문인데 문장 뒤의 압축과 상징이 명백하게 시 다. 이해를 돕기 위해 들어간 사진조차 시의 행간 같다. 내 식대로 비유하자. 법정 스님의 《무소유》 글에 해학이 양껏 얹힌다면 이 책이다. 《무소유》처럼 군더더기 일개도 없이 깊고 성성한데 자주 웃게 된다. 놀라운 일이다. 우리 삶의 마지막 정류장이라 생각되는 요양원, 그것도 치매 노인들이 기거하는 곳의 풍경을 전하는 글이 이럴 수 있다니. 삶과 죽음이 동전의 앞뒷면으로 공존하는 곳에서 매일 어르신들과 지지고 볶는 사회복지사가 전하는 일상 풍경인데 위축도 없고 암울하지만도 않다. 우리가 살아가야 하는 이유, 살아지는 이유를 키득거리며 체득할 수 있다. 언제 읽든, 누가 읽든 '올해의 책'이 될 만하다. 나는 그랬다. 우리 모두에게 강추다.

-부축응원자 **이명수**

나는 여기가 좋다

나이 오십 넘은 경력 단절녀인 내가 요양원에서 이 일을 잘할 수 있을까 염려하며 요양원에 이력서를 내었다.

염려가 무색하게 다음 날 면접이 잡혔고, 당일로 채용이 결정되었다. 면접 담당자는 "요양원 같은 곳은 나이 많은 복지사가 젊은 친구들보다 어르신들과 일상을 함께하는 데 오히려 편할 수 있어 면접에서 유리하게 작용했다"고 귀띔해 주었다.

내 나이가 고마웠다.

요양원 출근 첫날.

요양원 근무의 시작과 끝은 '라운딩'이다. 어르신들이 계신 방방마다 돌아다니며 안부를 살피고 인사를 드리는 것이다.

아침 첫 라운딩 중에 한 어르신께서 나를 보고 놀란 듯 손사래를 치며 크게 소리치셨다.

"나는 여기가 좋다! 나는 안 갈란다! 어여 가라, 나는 여기가 좋다!"

오늘 처음 만난 나를,

당신을 모시러 온 딸내미로 착각하신 걸까?

차례

차례

4. 그래도 봄은 온다 · 139

차례

7. 마침내 축복 · 311

1

인간이 알 수 없는 비밀들

그냥 듣는 것

'그냥' 듣는다는 것, 결코 쉬운 일이 아니다. 어떤 이야기든 듣자마자 머리가 먼저 분석해 판단하고 재판하려 들기 때문이다. 게다가 자신도 모르게 어떻게든 상대의 생각과 행동을 내 생각대로 바꾸고 싶은 욕심이 생기기 때문이다.

백 년 가까이를 살아 내셨고, 세상 풍파를 다 견디어 내는 동안 감정의 응어리들은 가슴에 덕지덕지 남았고, 몸은 여기저기 고장 나 아프기만 하고, 세상과 사랑하는 가족으로부터 버려졌다 생각하는 어르신들의 이야기를 듣다 보면 내가 여기서 무언가를 해야 한다고, 또 할 수 있다고 하는 생각조차 의미 없음을 알게 된다.

그냥 듣는 것. 반복되고 반복되는 이야기지만 어르신들의 이야기를 오늘 처음 듣는 듯 그냥 듣는 것. 이것을 연습하라고 신께서 나를 여기로 안내하셨다는 생각이 들었다. 그처럼 '아름다운 담김'이 또 있을까. 인간의 이야기를 그냥 듣는, 우주의 기다림을 배울 수 있는, 이렇게 귀한 기회가 또 있을까. 감사하고 감사하다. 아침마다 초등학교 때 했던 국민 체조 음악을 다시 듣게 된 것까지도.

아, 참! 첫날, 어르신들 앞에서 국민 체조하는 데 내 무릎에서 삐끄덕 삐끄덕 소리가 났다.

요양원 1층 공동 거실 구석 자리. 초점 없는 눈동자에 무표정한 얼굴. 조심스레 더 살펴보니 무지 어두운 표정. 말이나 붙일 수 있으려나 자신하기 힘든 얼굴. 그러나 나는 그 앞으로 다가가 다짜고짜

"아침 바람 찬바람에, 쎄쎄쎄 하자"며 두 손을 어르신 앞으로 내밀었다. 나도 모르게 나온 말이었다. 어르신은 눈을 번쩍 뜨며 어이 상실한 썩은 미소와 함께 신경질적으로 말했다.

"나, 어린애 아니에요."

나는 부러 목소리를 조금 높여

"아니, 아침 바람 찬바람에 하자는데 나이가 무슨 상관이에요. 아침 바람 찬 바람은 세 살부터 백 살까지 부르는 민족의 노래인데."

하며 막 지껄였다. 어르신은 마지못해 해 준다는 표정으로 천천히 두 손을 나에게 주었다.

"아침 바람 찬 바람에."(그런데 기러기는 왜 울었을까?)

하다 보니 '엽서 쓰기'까지 갔다. 어르신은

"한 장 말고 두 장이요. 두 장 말고 세 장이요."

신나게 끝없이 달린다.

아, 몇 장까지 쓰실려고…, 아까는 안 한다며…. 순 뻥이었어.

요양원 취직한 지 일주일이 되었다.

일 년은 지난 것 같다.

그래, 우리 어르신들을 미술대학에 보내야겠어.

오늘은 색칠 공부 워밍업을 해 보았다. 일상생활에서의 인지 상태와 색칠 공부를 하실 때 인지 상태는 또 다를 수 있다.

오늘 1층 어르신들과 색칠 공부를 해 보니 우수한 학생들이다. 코로나 탓에 그동안 프로그램도 오래 못 하고 계셨다더니 색칠 공부 하나로도 좋아하신다.

지난날을 기억에서 몽땅 날려 버렸다 한들, 자신의 이름까지 까먹고 고통의 생에 애를 몇 낳았는지도 까먹었을지언정, 그런 기억들이 장미 꽃잎 붉게 칠하는 순간에는 다 필요가 없더라.

두런두런 이야기를 나누며 우리들의 우정도 붉게 물들어 가는 시간이다. 지나온 모든 것들을 뛰어넘으며….

홀로 비 맞고 서 있는 아이에게 우산을 씌워 주었다.
어르신들께 "이 아이의 나이가 몇 살이냐?"고 물으면
신기하게도 당신들의 삶에 가장 힘겨웠던 나이를 알려 주신다.
네 살, 여섯 살, 열두 살, 열여섯 살 등등….

비를 맞고 서 있는 아이에게 우산을 만들어 씌워 주는 이 시간은 다른 수업 시간과는 무언가 분위기도 다르다. 수업이 끝나고도 그 고요하고 침착함이 오래 유지된다.

어르신들이 가장 좋아하시는 프로그램이다.

우리 요양원에는 유명한 욕쟁이 어르신 한 분이 계시다. 목소리도 너무나 크고 화도 잘 내는 싸움닭 어르신이다. 그런데 그 욕쟁이 어르신께서 오늘 사무실까지 찾아와 나더러 따라와 보라며 손짓하셨다.

쫄래쫄래 따라 들어간 방에서 어르신은 누가 볼 새라 두리번거리다 황급히 옷장 문을 열더니 깊숙한 곳에서 무언가를 꺼내 얼른 내게 주신다.

옷 속에 숨겨 몰래 가지고 가라는 급한 손짓. 아무도 모르게 나에게만 주는 선물. 나중에 안 일이지만 그 옷은 어르신께서 그렇게 아끼는 옷이라고 한다. 그 옷을 나에게. 세상에, 보석이 막 박힌 옷을.

요양원에서 일을 하면 어르신들께 무언가를 해 드리는 것으로만 생각하기 십상이다. 하지만 결코 그렇지 않다.

이미 나는 요양원에 첫발을 딛는 순간부터 어르신들의 사랑을 듬뿍 받을 각오가 되어 있었다.

무엇이든 다 해 내었을
마법사의 손

고작 스티커 하나 떼어 붙이기도
떨리고 숨 찬 손이 되었지만
한평생 그저
생명을 길러 내고 먹여 왔을
할매들의
쭈글쭈글 손
누구든지 살려 냈을
고귀한 손

어르신 민화반 모집합니다

민화반 수업 교재를 만들고 있다.
그림이 어렵다고 짜증내면서
쌍욕을 바가지로 하신다 한들
어쩔 수 없는 운명입니다.

어르신들
당신들의 실력을 믿습니다.

아침 국민 체조 시간 목 운동할 때마다
욕쟁이 진분 어르신이
"모가지를~!!! 돌려롸아아아아아~!!!!"
하며 아주 크게 소리치신다.
그 소리를 들으면
정말 모가지를 잘 돌리게 된다.

어르신 말씀대로
모가지를 잘 돌려 보았더니
창밖에
아름답게 나리는 눈송이들이 보였다.

슬픈 이야기

코로나로 일 년을 넘게 가족들을 만나지 못한
요양원 어르신들이 너무 서글퍼 보인다.
"아이들이 왜 안 오지, 왜 안 오지? "
하며 자식들이 일부러
당신들을 보러 오지 않는 거라 생각하시는데….

츤데레[*]

오늘은 어르신들과 가제 수건 염색을 해 보았다.
"그런 그지 발싸개 같은 걸 무엇하러 하나!"
면서 집어치우라 투덜거리다가도
염색도 제일 먼저 하고,
당신의 수건도 제일 먼저 챙기고 돌아서서 자랑하는 모습이
역시 어르신들의 반전 매력이다.
게다가 수업이 끝나고 숙진 어르신은
"이렇게 바보 같은 나에게 이런 시간이 있어 감사하다."
몇 번이나 말씀하셨다.

***

* 차가운 모습과 따뜻한 모습이 공존하는 성격을 가진 사람

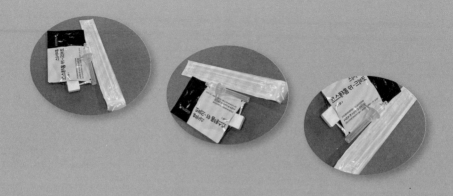

늦둥이 축하

급기야 일주일에 두 번씩 하게 된
코로나 검사.
콧구멍 쑤심을 당하고 나면 눈물이 핑 돌지만
이 땅에 사는 것이 감사하다.
오늘은 그 자리에서 바로 결과가 나오는
신속 항원 진단 키트로 검사하였다.
하도 검사를 자주 하니
직원들도 이제 제법 여유가 생겨
검사 과정을 '임신 진단 테스트'를 받는 상황극으로 꾸며대고
서로 "늦둥이 축하한다"며 깔깔거린다.

사랑해요, 할머니

나는 오늘 실로 귀한 경험을 하였다.

오늘내일 떠나려 하시는 영순 어르신은 꿈벅꿈벅 큰 눈에 자그마한 체구로 늘 웅크리고 계시어 어린아이 같기만 하다. 나는 퇴근 전에 어르신 침대맡에 (아직 안 친해 낯가리느라)어색하게 서 있다가 아무래도 마음이 쓰여 어르신 귀에 대고 큰 소리로 속삭였다. 나도 모르게 나온 말이다.

"사랑해요, 할머니."

그대는 아는가? 큰 소리로 속삭인다는 게 어떤 것인지. 요양원에서 쓰는 정식 호칭은 '어르신'이고 늘 그렇게 써 왔는데 갑자기 '할머니'라는 말이 내 입에서 튀어나왔다. 그런데 갑자기 영순 어르신 눈에 그렁그렁 눈물이 고이는 것이었다. 아무 말도 못 알아들으신다 생각했는데….

사실 내가 이곳에서 일한 지 한 달도 되지 않았고, 따지고 보면 생판 모르는 할머니인데 나도 모르게 주르륵 눈물이 났다. 아무 생각 없이 그냥 흐르는 이상한 눈물이었다.

구비구비 생을 다 지내고 새로운 길을 떠나는 고요한 영혼들 앞에선 왜 눈물이 날까. 그 경이로운 묵직함을 표현할 말이 왜 달리 없을까. 그녀가 어떤 삶을 살아왔는지 하는 것들은 이 순간 아무런 의미가 없다. 순간, 지금 여기 이.순.간.만이 실재한다는 사실을 생판 몰랐던 요양원 할머니가 길 떠나기 전 나에게 급하게 알려 주고 가셨다.

안녕, 영순 할머니. 고마워요.

영민 어르신은

마음의 기억도 몸의 기억도 점점 잃어버려

밥을 어떻게 먹는 건지, 어디에 변을 보아야 하는 건지

다 잊어버리셨다.

며칠 전 어르신께서

다른 어르신들을 등지고 앉아 무언가를 하시길래

맞은편 자리에 앉아 무얼 하시는지 가만히 지켜봤다.

그런데 글쎄,

어르신께서 간식으로 나온 요쿠르트 빨대를

담배 삼아 빨고 계신 게 아닌가!

길게 빨아들이고 길게 내쉬는 그 숨 끝에

마치 허연 연기가 흩어지는 듯했다.

"어르신, 저도 한 대 주십쇼."

내가 짐짓 빨대를 가져다

깊게 한 모금 빨아 내뱉는 연기를 했더니

맙소사.

영민 어르신이 그런 나를 보며 껄껄껄 웃으시는 게 아닌가!

어르신이 날 보며 껄껄껄 웃는 그 장면을 본 사람은 아무도 없다.

영민 어르신은 절대로 껄껄대는 분이 아니다.

오죽이 미웠으면

전라도 사투리 구수한 점순 어르신.
어르신 기분이 좋은 날 눈이 마주치면
흥겨운 노래를 들을 수 있고
어르신 기분이 나쁜 날 눈이 마주치면
이유 없이 한 바가지 욕을 먹을 수 있다.
중요한 것은 어르신께서는 어떤 노래로 시작하건 꼭
"나를 버리고 가시는 님은 십 리도 못 가서 발병 난다"
로 끝난다는 것이다. 그리고 노래의 마무리는 늘
"긍게 오죽이 미웠으면 발병이 나라고 했것냐. 노래는 말이 다 맞아 부러"
이다.
자, 이제 점순 어르신의 예술 세계를 이해해 보자.

야야야 내 나이가 어때서
사랑에 나이가 있나요.
나를 버리고 가시는 님은 십 리도 못 가서 발병 난다.
긍게 오죽이 미웠으면 발병이 나라고 했것냐.

노래는 말이 다 맞아 부러.

찐찐찐찐찐이야 완전 찐이야.
……

나를 버리고 가시는 님은 십 리도 못 가서 발병 난다.
긍게 오죽이 미웠으면 발병이 나라고 했겄냐.
노래는 말이 다 맞아 부러.

아니 노지는 못하리라 차차차.
나를 버리고 가시는 님은 십 리도 못 가서 발병 난다.
긍게 오죽이 미웠으면 발병이 나라고 했겄냐.
노래는 말이 다 맞아 부러.

이런 식이다. 이해가 가는가?

높여 줘요

지난번 코로나 검사 땐
'임신 테스트' 코스프레로
두려움을 극복하게 하더니
오늘은 '코 성형' 코스프레다.

자자, 코를 높여 줍니다.
줄을 서세요, 줄을.

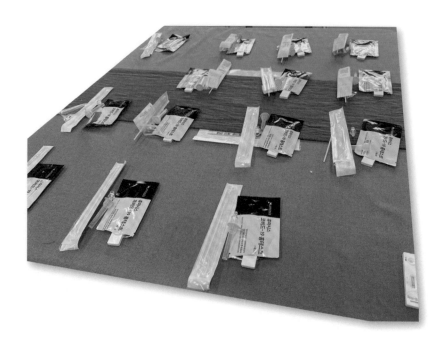

순정 어르신은
파킨슨이 심해 너무 고생하신다.
끙끙 앓느라 잠도 잘 못 주무신다.
이젠 기억도 거의 사라지고
몸도 심하게 떨려 너무 고통스러워하신다.
그런 순정 어르신 방에는
커버가 다 너덜너덜해진 성서가 있다.

어르신은 멀리 여수에 있는 어느 교회 권사님이셨다고 한다.
어르신께 물었다.
"어르신, 몸이 이렇게 아프고 고통스러운데 아직도 하나님이 믿어져요?
믿음이 안 흔들려요?"
순정 어르신이 눈을 감고 단호한 목소리도 대답하셨다.
"안 흔들려."
"우와, 우리 순정 어르신은 진짜 천국 가시겠다."
어르신께서 거룩한 한 문장으로 나와의 대화를 마무리지었다.
"갈 때, 니 손 잡고 갈게."

내 이빨 내놔

나는 딸이 없어서 파이야.
나는 남편도 없고 아들도 없어.
손자만 둘이야.

나는 딸이 없어서 파이야.
나는 남편도 없고 아들도 없어.
손자만 둘이야.

나는 딸이 없어서 파이야.
나는 남편도 없고 아들도 없어.
손자만 둘이야.

나는 딸이 없어서 파이야.
나는 남편도 없고 아들도 없어.
손자만 둘이야.

무한 반복하시는 숙진 어르신.

평소엔 조용히 가끔 일본 말을 하시고(요양원 어르신들 사이엔 일본 사람이라는 소문도 있지만 헛소문이다), 하루 종일 색칠 공부하시고 민화반에서도 일등이다.

며칠 전, 숙진 어르신께서 완전 분노 폭발한 다이너마이트가 되어 사무실 문을 쿵쿵쿵 두드렸다. 요양원 직원들이 이빨을 다 뽑아 가고 나서도 아무 말이 없어 참다 참다 왔다며 소리치셨다.

"청와대에 고발할 거야! 내 이빨 내놔!"

"아랫니는 원래 없었지만 윗니는 많이 있었는데 이젠 하나도 없어!"

"자고 있을 때 당신들이 다 뽑아 갔는데, 이젠 못 참겠다!"

같은 방을 쓰시는 점순 어르신께서 이 소리를 들으시더니

"세상에 송장도 잠을 잘 때 이를 뽑아 가면 벌떡 깨겠다."

하시며 혀를 끌끌 차셨다.

엄마도, 남편도, 아들도 모두 너무 일찍 잃었던 아픈 마음에

이제는 주무시는 와중에 이빨까지 도둑 맞았다 여기게 된 걸까.

누군가 틀니라도 해 드리면 좋으련만.

매끼를 죽과 갈아 만든 반찬으로 하시는 어르신의

두 손주는 어디에 있는 걸까.

불가능

할매 할배들을 싹 모시고 나가
눈사람을 만들고 싶은 하늘이다.

우리 요양원 '미의 여신' 양순 어르신은 로맨틱한 사랑을 하신다.

양순 어르신은 요양원에서 유일하게 늘 거울을 보며 입술에 붉은 립스틱을 바르시는 분이다. 그 속내가 하도 궁금해 수급자 관리 카드를 보니 아니나 다를까 영감님이 살아 계시다.

그런데 앗, 영감님이 시각 장애를 가지고 계셨다. 순간 나는 '영혼의 눈'과 '마음의 눈'에 대해 짧은 묵상에 빠져들었다. 코로나로 일 년이 넘도록 가까이 만나지도, 손 한 번 잡아 보지도 못하고 멀리 문을 사이에 두고 목소리 면회를 하시는데, 돌아서는 어르신 휠체어에서 안타까움이 뚝뚝 떨어져 바퀴와 함께 구른다.

오늘도 영감님이 오셔서 멀리 목소리 면회만 하고 돌아가셨는데, 양순 어르신은 생활실에 올라가자마자 영감님께 전화를 하신다.

"여보. 내가 깜박하고 못 한 말이 있어요. 사랑해요."

어르신 침대 위에 영감님 자랑과 함께 늘어놓은 반찬통에는 영감님이 손수 볶아 오셨다는 미역 줄기 볶음이 얌전히 들어 있었다.

독방을 쓰시는 정혜 어르신은 가톨릭 신자여서 방에는 성모 마리아상과 성물도 여럿 있다.

인지력이 높아 얼마든지 대화가 통한다.

오래전 돌아가신 남편이 고등학교 영어 교사였고, 시부모님과 남편의 형제들은 정말 점잖고 좋았었는데 정작 남편은 그렇게 정혜 어르신을 두드려 팼다고 한다.

자전거 퇴근길에 넘어진 남편은 그길로 걷지 못하게 되었고, 그렇게 병을 앓다 돌아가셨는데, 그런 남편이 너무 미워 남편이 세상을 떠날 때도 눈물 한 방울 안 나더란다.

세월이 흘러 홀로 요양원에 오신 어르신은 이제서야 그리움과 외로움과 두려움, 그리고 사무친 모든 감정을 토해 내고 계신다.

"그때는 내가 정말 너무했던 것 같다. 눈물 정도는 흘려 줄 것을…"

먼저 떠난 남편에게 올리는 사과와 참회의 글이 끊이질 않는다.

창피하다며 사진 찍지 말라는 걸, 너무 멋있어 그런다고 설득해 사진을 찍었다.

서로에게 진실하게 대한다는 게 어떤 것인지 잠시 생각하게 되었다.

밤마다 사무치는 그 그리움을 신께서 어루만져 주시기를.

모든 미움들과 원망들이 볼펜 끝으로 매일 밤 다 빠져나가기를.

때로는 내 이빨 다 뽑아 갔다며
사무실을 발칵 뒤집어 놓으시지만
오늘은 소 만들기를 한 후,
소 부자가 되어 신이 나셨다.
생전 잘 오지도 않는 손주들인데도
손주들이 이거 보면 난리 날 거라며
손주들 한 마리씩 주겠다고
너무 좋아하신다.

어르신,
신축년은 일단
버티는 걸로 합시다.

스케치북 사랑 고백

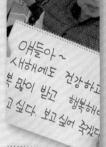

이런 거
너희들만 하는 건 아니다.

사진을 찍어
자녀분들에게 보내 드렸다

유리벽

"내가 너의 손을 잡으려 해도 잡을 수가 없었네.
보이지 않는 그 무엇이 나를 슬프게 하였네."

코로나가 만들어 준 수많은 사건 중 하나는
그냥 멀리서 바라보는 존재들이
하나둘씩 늘어 간다는 것.

징그럽게 지지고 볶고
눈 흘기고 싸우다가도

이생을 뒤로하고
영구차에 몸 싣고 떠나는
어르신 배웅하느라

요양원 문 앞에
줄지어 서
천천히 허리 굽은
배꼽 인사 드리는

직원들의 그 순간은
참으로 거룩하다.

신이 나

어르신들과
조청 유과를 만들어 보았다.
설명절 기분 한번 내시라
시도해 본 것인데,
어르신들이
완전 많이들 드셨다.
오랜만에
어르신들이 즐거워 보였다.

안 먹어 안 먹어 안 먹어 먹어 먹어

희서 어르신은
이가 하나도 없고 틀니조차 없어
매끼를 죽과 같은 찬을 드시며
절대 스스로 식사를 안 하셔서
먹여 드려야 한다.

"어르신, 아~ 하세요."
"안 먹어 안 먹어 안 먹어 안 먹어 안 먹…"
입 벌리고 드신다.

"어르신, 아~ 하세요."
"안 먹어 안 먹어 안 먹어 안 먹어 안 먹…"
한 번 더 또 입 벌리고 드신다.

불경 독송하듯 "안 먹어 안 먹어" 하며
그렇게 한 그릇을 싹 다 비우신다.

딸들아, 손녀들아

요양원에서 일하다 보면 어르신에 대한 가족들의 반응을 통해 그간의 관계와 가족들 마음의 역동성을 알 수 있다. 그중에서도 제일 애절한 마음이 느껴지는 이들이 '할머니가 키운 손녀들'이다. 손녀들은 대개 20대 초중반의 나이로 거의 매일 사무실로 전화해 영상 통화를 요청한다. 간식도 꼼꼼히 할머니가 좋아하시는 것으로 딱딱 싸서 보낸다. 그에 반해 손자들은 대개 전화 통화에서 그친다.

손녀들은 할머니에게 아픈 데 없냐며 부위별로 꼼꼼히 묻는데, 손주들은 "할머니 운동하세요. 자꾸 움직이세요" 같은, 안타까움은 담겼지만 비현실적인 말만 반복하는 경우가 많다. 조금 친했다면 간혹 몇 대 쥐어 박고 싶은 마음이 들곤 한다. 아들들 역시 마찬가지이다. 아들들은 어머니가 걷지 못한 지 일 년이 넘었는데도 "어머니 운동을 안 하시니까 그래요"라고 모질게 말을 한다. 여러 죄스러움에 마음에 없는 헛소리를 하는 것이라고, 그렇게 착한 생각으로 보고 있어야 성질이 덜 난다.

어쨌건 요양원에 부모를 모셨다는 사실은 자식들에게 죄책감을 갖게 한다. 그 때문인지 자신이 매우 속상해 하고 있다는 마음을 과장되게 표현하려는 보호자들이 많다.

어제 전화를 걸어 온 어떤 아드님의 통화는 이랬다.

"방법이 없을까요. 어머니를 너무 만나고 싶어요. 만지고 손잡고 그러고 싶은데 면회가 안 돼 너무너무 속상해요, 가슴이 터질 것 같아요."

"그냥 오세요. 유리창 너머로라도 보세요. 어머니가 좋아하실 거예요. 어르신은 그저 얼굴만 보여 드려도 좋아하실 거예요."

"그러면 제가 더 힘들어질까 봐 그래요."

"그러면 영상 통화하게 해 드릴게요."

"아, 제가 어디를 가고 있는 중이라 지금은 곤란하네요."

이런 식이다.

가슴이 터질 것 같다매 이 아들아.

그에 비해 딸들은 그냥 반찬을 해 오거나 음식을 가지고 와 전해 달라는 경우가 많다.

그런 것을 아는지 모르는지 어르신들은 그저 아들만 찾는다. 자식들한테 할 말 없느냐 물으면 "아들아"로 시작한다. 그러면 나는 꼭 딸은 없느냐고 묻는다. 그런 후 다시 "딸아, 아들아" 이렇게 다시 말씀하시라 고집을 피운다. 치매 어르신들에게 나의 이런 고집은 정말 똥고집이 맞을 테지만 꼭 피우고 싶다.

신이시여, 이 땅의 딸들과 손녀들을 축복하소서.

창조자들

제주 지름떡
양구 송편
고기 만두, 김치 만두
접시
충청도 새알떡
그리고
코끼리

와, 봄이 되었다.
이제 테라스에 어르신들이 이쁘게 나와 담소도 나누고
소리도 막 지르고 찰진 욕에 귀엽게 싸우고 그러겠구나 야….

저마다의 일

요양원 직원들이 출근해
아침 체조를 하고
커피 한 잔씩 하고
하루 일을 시작하듯

어르신들도
새벽잠에서 깨어
아침 체조 하시고
요쿠르트 하나씩 드시고
치매 땡깡을 시작하신다.

모두가 각자 할 일을 시작하는 것이다.
우주의 관점에서 보면
그 어떤 일 한 가지도 빠져서는 안 되는 일일 것이다.

어느 날 아침 출근 후
문득 든 생각.

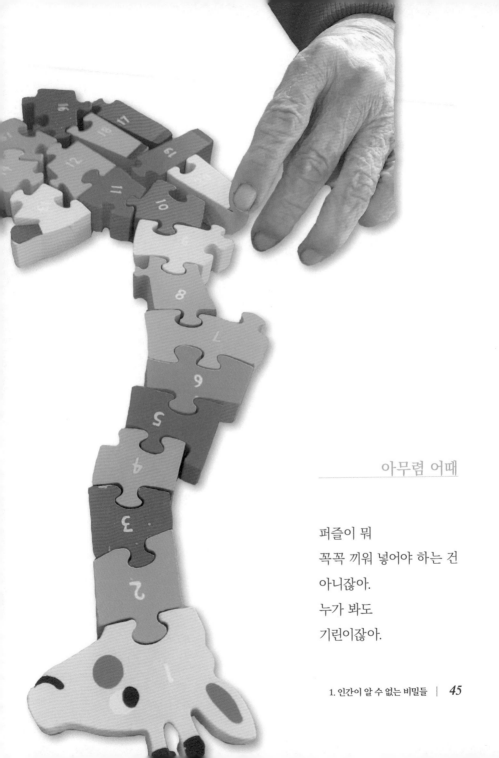

아무렴 어때

퍼즐이 뭐
꼭꼭 끼워 넣어야 하는 건
아니잖아.
누가 봐도
기린이잖아.

뭐 했다고

욕쟁이 진분 어르신은
이 세상 돌아가는 모든 일을
알고 싶어하신다.
요양원 돌아가는
모든 사무와 시스템을 알고자 하고
통제하고 싶어하신다.

사무실 직원들 휴일을
매우 맘에 안 들어 하는 욕쟁이 총대장 어르신은
오늘도 사무실 직원들에게 소리친다.
"고작 책상에 앉아 있다 가면서 뭐 했다고,
뭐가 힘들다고 일을 쉬냐"고.

'월급' 다음으로 설레는 단어가
'휴무일'과 '연차'라는 사실을
총대장 어르신은 모르시는 것이다.

벚꽃 엔딩

그런 거
너네들만 하는 거 아니다.

무엇에 쓰는 물건인고

옥수수 냠냠 먹고
불에 그을려
짝대기 꼽아
등을 박박 긁지요.

어르신 방에서 발견한 물건.
너무도 시원하답니다.

면봉의 위력

면봉을
합쳐 묶은 어르신
나무 한 그루를
키워 냈다.

날아라 리모콘

그대들도 알다시피 그렇다.

리모콘을 쥐고 있는 자가 그 집단의 총체적 지배자인 것이다. 혹여 부부 싸움 끝에 홧김에 문을 쾅 닫고 집을 나가는 경우에도 필수품으로 챙기는 TV 리모콘.

요양원 남자 어르신들이 생활하시는 한 방의 리모콘이 벌써 세 번째 없어졌다. 요양사 선생님들이 탈탈 털어 뒤져도 찾을 수가 없었다. 결국 하는 수 없이 CCTV를 다 돌려 보았더니, 세상에 CCTV 안에서 그 방의 넘버 쓰리 병욱 어르신이 리모콘을 (며칠에 한 번씩)창밖으로 던지고 계셨다. 매우 힘차게 던지고, 던지고, 또 던지고.

그렇다. 어차피 만져 보지도 못할 놈의 리모콘은 창밖으로 던져 버리는 것이 맞는 건지도 모른다. 어쩐지 요즘 얼굴이 좋아지셨더라니.

이 땅의 넘버 쓰리들이여,

복수라는 것은 이렇게 용맹스럽게 하는 것이니라.

우리 요양원에 예순 세 살 청년 어르신이 계시다.

그가 어떤 생각을 하고 무엇을 느끼는지 알 수 있는 사람은 아무도 없다. 다만 너무도 흰 얼굴에 긴 속눈썹, 조각 같은 코를 가진, 매우 잘생긴 어르신이란 사실은 모두가 인정하는 바다.

어르신은 튜브를 통해 코로 음식물을 섭취한다. 의사 표현은 약간의 미소와 '응응응' 내는 소리뿐, 하루하루 몸은 더 굳어 가고 있다.

그의 누님을 통해 들은 이야기는 이랬다.

아내의 변심에 분노한 그가 술을 잔뜩 마시고 극단적 선택을 하려는 마음에 집에 불을 질렀다. 그리고 누군가 불길 속에서 그를 구했다.

살아 있다는 것. 그 의미를 나는 지금도 생각 중이다. 삶을 등지고자 했던 이가 고통 속에서 하염없이 더 살아야 하는 이유를 그 누가 알 수 있을까? 인간의 머리로는 도저히 알 수 없는 비밀들이 너무도 가득한 삶이다. 때로는 궁금증이 머릿속을 계속 맴돌기도 하지만 내가 어찌 이 우주의 깊은 뜻을 알겠는가.

흘러가는 구름 대하듯 떠나보내는 질문들이 가득한 날들이다.

오동통 옥수수

영주 어르신의 옥수수
어르신만큼 귀여운 옥수수
먹으면 큰일 나는
오동통 옥수수

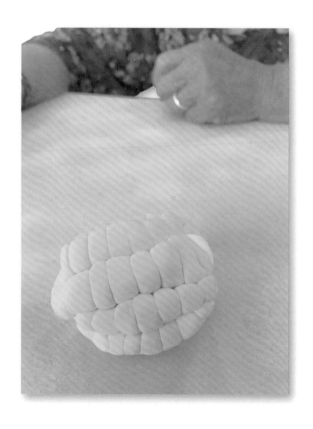

오늘 점순 어르신 딸이 면회를 왔다.

비대면 면회라 모녀의 만남은 유리창을 사이에 두고 이루어졌다.

어르신은

"그래도 내가 애미라고, 애미 한 번 본다고 이 먼 길을 왔느냐. 손 한 번 못 잡아 보니 이게 어찌 된 일이냐."

를 무한 반복하셨고, 창밖의 딸은 눈물을 주륵주륵 흘렸다.

면회가 끝나고 딸은 나에게

"엄마랑 같이 살 수도 있는데…" (어쩌구저쩌구)

"…보살필 사람이 없어…" (블라블라)

"…죄책감이…" (이러쿵저러쿵)

하며 계속 울었다.

그런데 왠지 그 모습이 나에겐 슬퍼 보이지 않았다.

그러더니 거짓말같이 일 초만에 눈물은 쏙 들어가 더 이상 흐르지 않았고, 딸은 다시 입을 열었다.

"근데요…, 우리 엄마 카드° 좀 주실래요?

---

* '엄마 카드'는 어르신들 앞으로 나온 재난 지원금이 담긴 카드로 요양원이 자리한 지역에서만 쓸 수 있다. 엄마 카드로 요양원에서 어르신 간식이나 필요한 것을 사다 드릴 수 있다.

해바라기 색깔도 모르는 주제에

　요양원 어르신들이 거의 그러하듯, 정인 어르신 역시 정말 아무것도 하지 않으신다. 유일하게 열정적으로 하시는 것이 있다면 참견과 남 욕이다. 어르신은 내가 이곳에서 일한 3개월 동안 한 번도 프로그램에 참여하지 않았고 나의 제안을 늘 거부해 오셨다. 사람을 절대 믿지 않으시고 누구에게나 "그거 거짓말이지?" 이 말만 하신다. 오늘은 어찌 된 일인지 프로그램 시간에 내 주위를 뱅뱅 도시길래 색칠 공부하자고 하니 또 거절하신다. 하는 수 없이 내가 어르신이 앉은 소파로 가서 무작정 시작하도록 해 보았더니 드디어 색연필을 잡으셨다.

　그런데 아뿔싸! 어르신이랑 같이 색칠을 하려는데 갑자기 해바라기 색이 생각나지 않는 것 아닌가.

　'가운데가 노랑색인가? 아 그럼 이파리는 초록색인가? 어디가 노랑이더라? 나는 누구? 여긴 어디?'

　당황스럽게 해바라기 정중앙에 막 노랑노랑을 급하게 칠하려는데 어르신께서 "해바라기 색깔도 모르는 주제에 선생질하고 있냐!"고 소리치더니 각 부분의 색을 하나하나 알려 주며 세심하게 나를 가르치기 시작했다. 나는 또 그게 뭐라고 혼자 빵 터져 요양원이 떠나가라 큰 소리로 우하하 웃어대다 옆에 있던 다른 어르신께 시끄럽다 욕을 먹었다.

　배가 불렀다. 아주 다이나믹한 하루였다. 오래 살 것 같다.

어여 가거라

코로나 시국
유리창을 사이에 둔 비대면 면회

100세가 된 늙은 어미는
이제 눈물도 말라
창밖의 아들을 보며
가슴으로 우는데
창밖에 앉은 목사 아들
엄마, 요즘 기도는 하시냐며
설교 끝에 기계음 같은 기도를 한다.

녹음기를 틀어 놓은 듯한
목사 아들의 기도를 잘라먹으며
늙은 어미는 말한다.
어여 가거라
어여 가거라
어여 가거라.

무서워서 그래

두둥 두둥
드디어 내일
우리 어르신들이
백신을 맞게 되었다.
한 어르신이 계속 욕을 하시며
지겨워 죽겠다며
그런 거 왜 맞냐고
18181818 하시길래
도대체 왜 그러시냐 물었다.
어르신이 몸을 벌벌 떨며 말했다.
"주사가 너무 무서워."

험하게 욕을 하는 사람이
왜 그러냐면,
그게 다
자기가 무서워서 그런 거였어.

만우절

내가 직원들한테
오늘 만우절이니
집단으로 사표를 내
대표님을 놀래켜 주자 했더니
직원들이
"그렇게 하면 '니들 생각이 정 그렇다면' 하면서 바로 수리된다."
고 말하므로
그러면,
그러지 말자고 했다.

돌아보면
어린 시절엔 만우절에도 재미가 있었다.

2

죽으면 못 놀아

죽으면 못 놀아

"죽으면 못 놀아."
오늘 득희 어르신이
낮고 단호한 목소리로 내신 의견에
우리 어르신들이
만장일치로 결정한 사항이다.

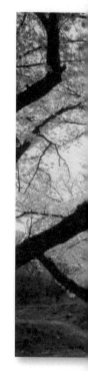

빛이 나

자신이 맡은 일이
너무도 귀한 일임을
아는 이들의 얼굴에선
빛이 난다.
일터에서
그런 사람을 만나기란
정말정말 드문 일이지만
빛이 난다.

자고 가

퇴근 시간이 되면
희서 어르신은 늘
밤 늦었다고
자고 가라 하신다.
밥도 안 해 줄 거면서.

대가 없는 봄바람

봄 한가운데
길이 있었지.
그냥 걸으면
되는 거였네.

뚜벅뚜벅
천천히
같이여도 좋고
혼자여도 좋고.

대가 없이 꽃잎
송이송이 날려 주는
봄바람이 함께
걸어 주니.

휴일에 벚꽃놀이를 다녀왔다.
이런 봄인데
어르신들은 벚꽃을 보지 못하시니
내가 대표로 실컷 보고 왔다.

용맹스러워

드디어
어르신들 백신 1차 접종이 마무리되었다.
와상 어르신들은
그야말로 그냥 누워만 계셔서
언제 돌아가실지 늘 살펴야 하는 어르신들이다.

그 와상 어르신들이 오늘 주사를 맞는데
요양원이 떠나갈 듯 너무도 큰 소리로
아야!!!
우렁찬 욕도 한 바가지씩 쏟아부어 주시어
떠나시기엔 아직 시간이 많이 남았음을 알았다.

살다 살다
내 그렇게 용맹스럽고 큰 소리를
그 어디에서도 들어 보지 못했다.

코앞 링 던지기

암, 그렇지
그렇고 말고.
링 던지기는
이 정도는
멀리서 던져야
제맛이지.

올림픽 나가도 되겠죠?

휴지 조각 보기를 황금같이 하라

어르신들의 침대나 옷장, 방 정리를 하다 보면 제일 많이 나오는 것이 바로 휴지다. 쓰고 난 휴지가 아닌 곱게 쟁인 휴지들.

거의 모든 치매 여자 어르신들은 베개 아래, 베개 속, 이불 밑, 이불 속, 침대 커버 속, 옷 주머니(어느 요양원은 옷 주머니를 모두 꼬매는 경우도 있다), 틈새마다 공간마다 휴지를 가능한 많이 뜯어 쟁여 놓으신다. 자립하여 화장실로 걸음할 수 있는 어르신들은 볼일 보러 화장실에 가는 게 아니라 어쩌면 휴지를 뜯어 쟁이기 위해 가는 듯 생각될 만큼 휴지에 대한 집착은 매우 열정적이고 창조적이다. 요양원에는 사적으로 쟁일 수 있는 것이 그다지 없어 공짜로 마음껏 쟁일 수 있는 유일한 것이 휴지다.

오늘도 숙진 어르신은 노발대발 사무실 문을 두드리더니 당신이 비상시 쓰려고 넣어 두었던 주머니 속 휴지가 다 젖었다며 직원들, 나쁜 년들이 주머니에 물을 뿌려 다 망하게 되었으니 법적 조치를 하겠다고 소리소리 지르셨다. "경찰에 고발해 드리겠다"고 "내 이것들을 싹 다 잡아 주겠다"고 큰소리 떵떵 치며 크리넥스 10장을 뽑아 슬쩍 딴 주머니에 넣어 드린 후에야 어르신의 화가 겨우 가라앉았다.

신문지 쪼가리 하나도 귀했던 가난한 시대를 살아 온 그녀들에게 그 흔하디 흔한 휴지 조각은 아직도 이렇게 황금 대접을 받고 있다.

오늘도 호시탐탐 휴지를 끊어 쟁일 목표를 향해 달리는 그녀들의 삶을 응원합니다.

근자감[*]

너니까 칠해 주는 거야
아무나 칠해 주지도 않아 난
내가 늘 해버릇해서
이런 걸 쫌 잘하는 거야
뭐든지 해 버릇해야지
잘하게 되는 거야

* '근거 없는 자신감'

여든 살을 하고 싶어

하루 종일 누워 계셔 휠체어에 앉아 있을 시간이 더 필요한 순정 어르신이 빨리 눕혀 달라고 떼를 쓰신다. 나는 그녀의 주위를 딴 곳으로 돌리고자 절순 어르신 방으로 마실 가자며 휠체어를 돌렸다.

일명 '방방 소개팅.'

늘 누워 계시며 이쁜 미소를 날리는 절순 어르신은 백 한 살이다. 절순 어르신이 순정 어르신에게 몇 살이냐 물었다. 나이를 까먹은 순정 어르신 대신 내가

"여든 두 살이에요."

대답했다. 절순 어르신은 틀니 없는 발음으로

"한창 때네."

하시며 부러운 눈빛을 보내셨다.

"어르신도 여든 살 하고 싶어요?"

물으니 절순 어르신은 고개를 *끄덕끄덕* 또 *끄덕끄덕*.

잊지 마시오. 지구 어딘가에는 여든 살을 하고 싶은 백 한 살 할무니가 숨 쉬고 계시다는 사실.

그러니,

나이 탓 금지!

어르신 찌개 박수

지글지글 짝짝! 보글보글 짝짝! 지글 짝 보글 짝! 지글보글 짝짝!
해 내고야 말겠어.

무지개 물고기

손이 벌벌 떨려도 끝까지
도움받기 안 하고 끝까지.
무지개 물고기야.
할매들을 도와 드리렴.
그 옛날
요나를 육지에 뱉어 놓은 고래처럼
할매들을 도와드리렴.

폐활량 운동

어르신들 폐활량 운동 삼아
빨대 바람 힘껏 불어 보시게 하였다.

푸우~ 푸우~~

모히또 가서 몰디브 한 잔

그런 거

니들만 하는 거 아니다.

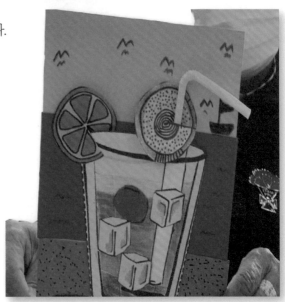

　누구든지 "내가 어떤 사람인지"(정확히 말하면 어떤 사람이었는지) 너무 알리고 싶을 때가 있겠지. 사람들은 정작 내가 무슨 생각을 하고 사는지, 무엇을 보았는지, 무엇에 분노했는지, 무엇에 눈물이 맺혔었는지, 무엇에 그리 설레었는지, 어떤 지점에서 정지하여 순간에 머물렀는지 알지 못한다. 모르는 게 당연하다. 그들은 내가 아니니.

　젊을 때는 왜 그리 남들이 나를 좋은 인간으로 알아야 한다고 생각했을까. 단언컨대, 우리가 우리 스스로를 알아주지 않고 70, 80세가 된다면, 그때 제일 많이 하게 될 말은 이 말임이 분명하다.

　(허리에 손을 짚고 배를 최대한 앞으로 내밀어)"너, 내가 누군지 알아!"

화장실에 휴지가 떨어졌을 때

방바닥에 물이 안 닦여 있을 때

내 이를 누가 뽑아간 것 같을 때

내 옷을 누가 훔쳐간 것 같을 때

아무리 생각해도 버림받았다고 느껴질 때

다른 방 할매들이 나를 욕한다고 느껴질 때

존재감이 한없이 바닥을 칠 때

어르신들은 꼭 이 말을 한다.

잘 생각해 보면 우리도 이 문장을 뱃속 깊이 품고 사는 건지도 모른다.

언제 튀어나올지 모르는 문장이다.

너무 좋아서

요양원 창문 사이로 안타까운 카네이션이
오가는 오월.

정실 어르신은 요양원 내에 천사로 알려진
어르신이다.
말씨가 정말 곱고, 늘 고맙다 하시며 결코
불평불만을 드러내지 않는다.
단 한 번도 누구와 다투거나 갈등 일으키는
모습을 보이신 적 없다.
아무리 천사라 해도 여러 사람이 공동 생활
을 하는 중에 누구와도 갈등 없이 지내는 일
이 쉽지 않을 텐데 그녀는 그야말로 평화 그
자체다.

며칠 전, 딸과 손녀가 찾아와 비대면 면회를
하는데, 금쪽같은 그녀들을 고이 바라보던 어
르신이 벌떡 일어나더니 유리창을 사이에 두
고 딸과 손바닥을 맞대었다.
마치 교도소 면회의 한 장면처럼.

아이고 내 딸아
아이고 내 외손녀야
아이고 내 딸아
아이고 내 외손녀야.

　옆에 멀뚱히 서 있던 내 눈에서 뜬금없는 눈물이 주루룩 흘렀다.
　한恨도 아니고 미움이나 원망 한 톨 섞이지 않은 그 부름 속에는 오로지 딸과 외손녀를 있는 그대로 받아들이는 사랑만 있었다. 너무 아까워 어떻게 하지 못하는 그런 에너지를 느껴 본 지가 언제였던지.

　방으로 돌아오는 길에
　"따님 만나면 눈물 나지 않으세요?"
　여쭈니,
　정실 어르신께서는
　"나는 여기에 사는 것이 너무 좋아 눈물이 나지 않는다" 하셨다.

나리꽃 나무

나리꽃이야.
작년엔
여섯 송이밖에
안 폈는데
올해는
키도 부쩍 크고
꽃도 많아졌어.

만후 어르신이 나리꽃에 대해 설명해 주셨다.

순정 어르신이 식사를 하시다 자꾸 눈을 감는다.

치매를 앓고 있는 어르신들은 식사 도중에도 자신이 무언가를 먹고 있다는 사실을 까먹고 자꾸 정지한다.

나는 그런 순정 어르신께 자꾸 말을 걸었다.

"눈을 크게 뜨세요."

"눈을 부릅뜨고 내가 무얼 주는지 잘 보세요."

"제가 죽에 코딱지 같은 거 막 섞어 주면 어쩌려고 그러세요."

평소에 말 한마디 않는 순정 어르신이 냉철한 목소리로 답했다.

"자네는 그리 안 해."

아무 말도 아닌데 생각해 보니

살아 오면서 누군가로부터

이런 말을 들어 본 적이 없는 듯했다.

넌 정말 그럴 리 없다고

남의 밥에 코딱지 같은 걸 섞는 짓을 할 만한 인간이 아니라고

그리 안 할 거라고

내가 안다고

내가 널 믿는다고.

마법사 어르신

득희 어르신께서
테라스에서 노래를 부르다
너무 덥다며
큰 소리로 하늘을 향해
하나님을 불렀다.
"하나님 비 좀 오게 해 주세요."
"하나님 우리를 좀 도와주세요."
"하나님 우리를 살려 주세요."
"하나님 수박을 좀 사오세요."

다음 날
신께서는
이 여인의 가련한 기도를 들으셔서
단비를 내리셨고,
영혼이 맑은 한 보호자로 위장하여
수박을
일곱 통이나 사 오셨다.

댄서 어르신

오늘 아침 진분 어르신께서
국민 체조 음악에 맞추어
막춤과 고속버스 춤을 추셨다.
정말 신나 보였다.

꿈에

그나저나 며칠 전
서언 어르신이 날 보자마자
꽤나 반가운 목소리로 말했다.
"너, 어제 자전거 잘 타더라."
어린 딸내미랑
자전거 타는 꿈이라도 꾸셨나 보네.

동시다발

한여름에도 겨울 조끼를 입을 정도로
어르신들 대부분이 몸이 차고,
대부분의 시간을 방에서만 생활하므로
햇볕 산책은 무척이나 중요하다.
요즘은 어르신들을 테라스에 모시고
매일 수박을 깍두기처럼 잘라 담아 드리고
(마법사 득희 어르신의 기도발에 신께서 매일 수박을 사
오신다.)
노래방 기기로 뽕짝을 아주 크게 틀어 드린다.

대략 한 분 정도의 어르신이
노래방 기기에서 나오는 노래를 따라하시고,
나머지 어르신들은
각자 다른 노래를 동시에 크게 하신다.
아무리 바퀴가 달려 있다 한들
그 무거운 노래방 기기를 매일 옮기는 직원을 보니
안타깝다.

나는 포도나무요.
너희는 먹고 싶다.

어르신들과
포도를 만들어 보았다.
진짜를 가져오라 하셨다.

오늘은 옥혜 어르신 생신이므로

수박 케이크를 만들어 드렸다.

존중받아야 할 그늘

그늘
그것이 이다지도 열렬히 선택받는 날
또 언제 있으랴.
그게 졌다고
질까 봐
등 돌린 날들이
무색하지 않은가.
가려짐이 이토록
절실한 날들이
또 언제 찾아올지 모르므로
이 세상 모든 그늘을
존중하리라.
그 누구의 얼굴에 드리운
그것까지도.

오늘
그늘 자리 가지고 어르신들이 다투었다.

살아 있으니

3층 어르신들은
잠자다 싸우고
2층 어르신들은
노래하다 싸우고
1층 어르신들은
색칠 공부하다 싸운다.

살아 있으니
징글징글 싸움도 한다.

어쩌면

내가 원하는 것들이 어쩌면
이미 내 안에 들어 있지 않을까.
바깥 세상에서
무엇 얻어지는 게 있을까.

이런 잡생각 중
종철 어르신(할아버지임)께서 소리쳤다.
"야, 내가 이 세상에 남자로 왔다면
벌써 온 세상을 제패했을 거야!"

진춘 어르신의 말은 아주 잘 들어야 한다.

어르신께서 많이 아프신 탓에 하고 싶은 이야기만 나오는 게 아니라 말씀 중에 다른 말들이 막 섞여 나오기 때문이다. 그렇게 막 섞여 나오는 말들 속에 어르신이 하고 싶은 말이 반드시 섞여 있기에 그럴 때는 가만히 귀를 기울여야 한다.

오늘은 내가 장난치느라
"엄마, 나 배고파 밥 좀 줘요."
했더니 어르신은
"뷰류띠리홓나는찌릴딩찌니가니가풀휼무슨말하는지때라랗모르겠다."
하였다.

귓구멍을 넓히고 조금 기다리면
그 많은 소리 속에서도
상대의 마음속 글자를 건질 수 있다.

승부욕

우리 어르신들의 특징.

무엇을 하자고 제안하면 일단은 무조건 하기 싫다 하고 욕도 한다.

일단 시작하면 승부욕이 있어 욕심내 열심히 하신다.

오늘은 신문지에 풍선을 담아 옆으로 옮기기 게임을 하기로 했는데,

"내가 왜 이런 고생을 해야 하냐"며

짝꿍에게 똑바로 잡으라고 성질을 부리다 막상 앞에 풍선이 도착하면

행여 놓칠까 얌전히 받아 옆으로 옮긴다.

어르신들에게 이 게임이 가능한지 아닌지

확인차 몇 번 해 보고 말 생각이었는데

어르신들이 계속하는 바람에

아주 그냥 쭈욱~ 했다.

요양원 어르신들과
풍선 배구 한번 안 해 본 인간은
삶을 논하지 말라.
아주 그냥,
지 혼자 스포츠다.

난 못해유

뭐든지 하기 전에는
"난 못해유, 못해유" 하면서
막상 시작하면 잘하시는
영주 어르신의
'강아지'

갈리는 운명

2주간 요양원 면회가 허용된다.
단, 외부인들은 슬쩍이라도 어르신들을 만져서는 안 된다.
실로 오랜만에 어르신들 얼굴에 설렘이 있다.
선택받은 자와 버림받은 자의 운명이 갈리는 추석 면회.
자식들이 사 온 간식들을 잔뜩 옆에 끼고
생활관으로 입성하는 이들은
어깨에 힘이 들어가 있고 걸음걸이도 당당하다.
아예 자식들로부터 연락도 없고
몇 년간 가족들이 면회를 오지 않는 경우도 있다.
어머니 이야기를 하면서
"왜 아직도 죽지 않고 저렇게 살아 있냐"며
직원들에게 호소하는 아들도 있다.
엄마 얼굴을 보자마자
눈물을 줄줄 흘리는 딸, 아들들도 있다.

인간에 대해
이것저것 알아 가는 게 더 늘어 가는 명절이 될 것이다.

어제 도라지청을 먹어서 그런가.
오늘따라 순정 어르신 식사 도와드리며 부르는
나의 노랫소리가 곱게 나오는 느낌이다.
순정 어르신께 물었다.
"내 노랫소리 어때요, 편안하게 들리세요?"
어르신이
"그렇다"고 했다.
하여 다시 물었다.
"식사하실 때마다 노래 불러 드릴까요?"
순정 어르신께서
"그렇게는 하지 않아도 된다"고
하셨다.

굴비 사세요

프로그램 속에서
어르신들에게 익숙한 작업을 끌어내는 일은
매우 중요하다.

그러므로
나는
이것을 시장에 가지고 가
팔아 와야 한다.

귀엽게

〈어르신들 귀엽게 만들기 프로젝트〉로
모자를 뜨기 시작하였다.
가족 면회가 없으신 어르신들 중심으로
드리려 한다.

이쁜 핀도 꽂아 드려야지.

보자기 놀이

지난번에는 신문지로 풍선 옮기기를 연습해 보았으므로 오늘은 보자기로 해 보았다.

짝꿍이랑 마음을 맞춰 풍선을 보자기에 담아 옆으로 전달하는 놀이를 마친 후, 그 보자기를 머리에 쓰고 캐리비안 해적 놀이를 하였다.

우리 어르신들이 마침내
신비로움에 이르렀다.

제주 지름떡

오늘은 어르신들과
천사 점토 놀이를 하였다.
제주 할매 옥혜 어르신께서
제주 지름떡을 만드셨다.
다른 어르신들 봐 드리느라
잠시 자리를 비웠다 다시 와 보니
옥혜 어르신이
지름떡 마르지 말라고
떡 위에 물티슈를 곱게 올려놓으셨다.

내가 누구야?

추석 연휴 동안 면회 장면을 많이 지켜보았다.
그중 가장 많이 들렸던 말이
"엄마, 나 누군지 알아?"였다.
올망졸망 모여 늙은 어미의 입술이 어떻게 움직일지
숨 죽여 바라보는 중년의 자식들은
끊임없이 엄마에게 문제를 던졌다.
"내가 누구인지 알아?"
늙은 어미가 자신의 이름을 정확히 말할라치면
자식은 물개 박수로 환호했고,
늙은 어미가 초점 없는 눈으로 딴 이야기를 중얼거리면
자식들은 뒤돌아 허공을 보며 눈물을 닦는다.
자신이 누구인지를 아는 사람이 있다는 것이
그 존재가 사랑하는 엄마라는 사실이
인간들에겐 어찌 그다지 중요한 것인지.
"네가 누구긴 누구야, 내 딸이지."
이 한 마디에 반사되는 환호성은
아마도 그들이
어미를 알아보기 시작하던 아가였을 때,
젊디 젊었던 어미가 가졌던 환희와
같은 뿌리의 감정일까?

염라대왕

날씨가 흐리고 비가 오는 날이면
어르신들은 방에서 잘 안 나오시고
종일 잠만 주무신다.

어르신들이 너무 오래 주무시는 바람에
심심해진 나는 생활실 방방마다 돌아다니며
"나는 염라대왕입니다. 모시러 왔습니다."
큰소리로 외쳐 보았다.

어르신들은 흠칫 놀라면서도
이내 웃으며 욕들을 한 바가지씩 부어 주셨다.

잠은 다 깨워 드렸다.

"나 젊었을 때 남편이랑 대청봉에 올랐었어. 그땐 행복했다."
"뭐? 대통령? 지금 대통령이 누구라고?"
"누가 누구한테 뭐라 그래?"
"그래, 나 아들도 없고 남편도 없다."

밑도 없고 끝도 없는 어르신들 이야기 듣는 척하며
나는 너를 보았다.

3

우리 갈 길 다 가도록

올바른 말이 쓸데없는 곳

　요양원에 부모를 모시게 된 가족들의 사연들은 저마다 힘겹고 가슴 아
프다. 삶의 거의 모든 면(식사, 배변, 대화, 수면 등등)에서 상상도 못 하
게 이상하게 변해가는 부모들을 보면서 얼마나 놀라고 슬프고 화가 났
을까? 그런 부모의 모습을 인정하기가 얼마나 힘이 들었을지는 경험하지
않으면 알 수 없는 아픔일 것이다. 아픈 부모를 향해 자식들은 또 얼마나
많은 지적질을 해 대고 또 얼마나 올곧다 싶은 말들을 많이 해 댔을까?
　지적질에 울화통으로 반응하고, 비굴하다 싶은 자기변명이라도 돌아온
다면 아직은 건강하다는 뜻이지만 지적질, 그것이 더 이상 의미가 없어지
는 상태라면 그땐 정말 아픈 것이다.

　집이 비었다고, 아들이 올 때가 되어 밥을 차려 주러 가야 한다고 차편
을 물어본다거나, 친정 부모님 만나러 가야 한다고 울거나, 밭에 나가 감
자를 살펴야 한다고 휠체어를 밀어 대거나, 오빠는 어쩌고 너 혼자 왔냐
고 아침마다 묻거나, 막내딸 왔다며 기차 타고 왔냐고 반겨 주거나…등등
으로 어르신들은 저마다의 현실에서 소통을 한다. 그 소통의 과정에 "저,
할머니 딸 아닌데요?" "저, 기차 안 탔는데요?" 따위의 바로 잡는 말이 대
체 무슨 의미가 있겠는가.
　올곧은 말이 아무 쓸데가 없는 곳이 바로 이곳이다. 언젠간 세상 모든
이상한 말들에도 토 달지 않고 그저 장단을 맞추는 경지에 이르게 되는
건 아닌지 모르겠다.

어르신들께 물었다.

인생을 쭉 돌아보면 어느 때가 제일 행복했었냐고.

휠체어에 앉은 경자 어르신은

"남편이랑 외국을 돌아다니며 구경하던 때가 제일 행복했었다."(요양원에서 유일하게 해외여행 다녔던 분이다) 하시고

제주 할매 옥혜 어르신은

"시집가기 전 막 놀러 댕기던 때가 제일 행복했었다. 시집가니 안 좋았다" 하시고, 화진 어르신은

"아들 낳고 나서 그 아들을 볼 때가 제일 행복했었다" 하셨다.

어르신들의 이야기가 잠시 끊긴 틈을 타 강원도 '난 못해유' 영주 어르신이 천천히 입을 열었다.

"지금이유."

모두가 잠시 조용해졌다.

한두 어르신이 "나도 사실은 지금이 제일 행복하다"고 말을 바꾸었다.

김매기를 많이 해서 그렇다는

영주 어르신의 휘어 버린 손가락이

어르신이 지금

얼마나 행복해하는지

알려 주는 듯했다.

죽지도 못한다

희순 어르신은 남편과 둘이 평생을 노점에서 과일, 야채를 팔아 자식들을 다 가르치고 분가시키고 그렇게 고생하다 이제 살 만한데 병이 들어 요양원에 오시게 되었다.

처음 오셨을 때, 어르신 성질이 너무 심술 맞고 사나워서 욕하고, 꼬집고, 요양사 선생님들 머리카락 다 쥐어뜯고, 선정적인 말을 내뱉으며

"니년들 다 잡아먹어 버린다"고 악마 눈동자 흉내를 내는 등의 행동으로 선생님들을 힘들게 하셨다.

평생 한 번도 두 분이 떨어져 본 적 없다며 아내를 요양원에 보내고 잠도 못 주무신다는 영감님께서 오늘 새색시처럼 과일을 예쁘게 깎아 오셨다.

눈물을 떨구던 영감님은 희순 어르신을 보며 말씀하셨다.

"내가 죽고 싶어도 할매 땜에 죽지도 못혀. 나 죽으면 이런 거 누가 해다 준다요."

누군가 나 때문에
죽지도 못하는 삶.
내가 그(것)들 때문에
죽지도 못하는 삶.
그런 것이 사랑이려니.

쓸쓸히 찬바람이 분다.

"고마워요." "맛나네요."

점숙 어르신은 이 말을 입에 달고 지내시던 분이다. 몸을 움직일 수 없음에도 짜증을 내거나 욕을 하거나 무엇을 요구하는 일이 없는지라 요양사 선생님들도 너무너무 예뻐라 하는 예쁜 치매 어르신이다. 그런 어르신이 갑자기 산소 포화도가 떨어져 병원으로 떠났다. 하지만 '왠지 다시 오실 것 같다'는 요양사 선생님들의 예언대로 며칠 만에 요양원으로 돌아오셨다. 인지 상태는 더 안 좋아지셨지만 그래도 돌아오셨다. 그런 점숙 어르신께서 며칠 전부터 진짜 길을 떠나려시는 듯했다. 요양원 사람들은 안다. 숨소리, 얼굴빛, 냄새 같은 것으로도 어르신들 떠나실 때를.

거친 숨으로 버티던 어르신은 딸이 마지막 인사를 하고 돌아간 후 숨을 거두셨다. 검안의가 사망 신고서를 작성하고 어르신을 모실 차가 들어 온 시간은 마침 직원들 퇴근과 딱 겹친 시간이었다.

퇴근길, 어르신을 태운 차를 향해 전 직원이 허리 굽혀 경건하게 인사했다. 사실 요양원에서는 어느 어르신이 돌아가셨는지 다른 층에 근무하는 직원들은 잘 모른다. 그런데, 점숙 어르신은 복도 많다. 전 직원들 인사를 싹 받으며 가시려고 다시 오셨구먼. 어르신을 몇 년간 모셔 오던 요양사 선생님들의 아쉬운 눈물이 어르신 가시는 길을 촉촉히 적시었다. 피가 섞였다는 가족들의 눈물도 이처럼 애닯지는 않을 것이다. 복 많은 점숙 어르신은 그렇게 전 직원의 인사를 받으며 길을 나섰다.

잘 가세요, 안녕. 그동안 웃음 주셔서 고마웠어요.

다시 찾은 나의 딸

욕쟁이 진분 어르신은 유독 나에게만은 화를 내지 않는다.
그 연유는 이러하다.

얼마 전, 얘기 도중에 지나는 말로 어르신에게 지금 내 이름은 개명한
것이라 말씀드린 적 있었다. 어르신이 그 얘기를 떠올렸는지 며칠 전 나에
게 개명 전 이름이 무엇이냐 물으셨다. 별 의미 없이 개명 전 이름을 알려
드리는데 어르신이 상념 그득한 눈빛으로 나를 쳐다보는 것이었다.
"왜요, 옛날에 잃어 버린 딸일까 봐서요?"
내 농담에 시작된 어르신의 스토리텔링.
믿거나 말거나지만 중요한 것은 어르신들의 이야기가 허구냐 아니냐에
있지 않고 어르신들이 믿는 정서적 사실이 무엇인가 하는 데 있다. 환상
속에 딸을 잃었다면 그런 것이다. 환상 속에 남편이 있으면 있는 것이다.
환상 속에 도둑을 맞았으면 맞은 것이다. 그렇게 느끼고 얘기하는 순간
만큼은 그러려니 공감해 드리는 것이다.
어르신의 얘기를 요약하자면 이랬다.

오래전 일곱 살 어린 딸을 잃어버렸다. 늘 아이를 데리고 다녔는데 하필
이면 그날 어쩌다 보니 아이를 집에 둔 채 볼일 보러 갔다. 그런데 돌아와
보니 아이가 없어졌다. 그때 없어진 그 딸도 이름이 두 개였다. 그러니 내
가 그 딸일 수도 있다.

세상에 이름이 두 개인 사람이 몇이나 되겠는가. 소름 끼치는 평행이론 아니던가!

"그래서 내가 그 딸 같아요?"

어르신이 고개를 끄덕이신다.

"사실 말이 나와 말인데, 나도 어릴 때부터 제 엄마가 친엄마 같지 않았어요. 어디엔가 친엄마가 있을 거라 생각했었거든요. 내가 어르신 딸일지도 모르겠네. 어쩐지 느낌이 남다르더라니"라 맞장구치며 "그러니 엄마, 용돈 좀 달라"고 질척대다 등짝 스매싱을 한 대 맞고 나서야 우리들의 그윽한 시간은 막을 내렸다.

계속 어르신의 잃어버린 딸인 척하며 이 험난한 직장 생활 이어 나가야겠다.

복지사의 오버

오랫동안 면회를 못 하신 산홍 어르신께 착한 척하며
"어르신, 딸내미 많이 보고 싶으시죠?" 여쭈었더니
산홍 어르신은
'얘가 시방 뭔 소리 하는가?' 하는 표정으로
당신은 딸내미랑 이 집에서 같이 사신다고 하셨다.

만나자 이별

"만나자 이별"이라는 말은
어제 입소하신 어르신께서
오늘 돌아가셔서 퇴소하신 경우를 두고 하는 말인가.

둘러보시다
제일 개운하게
생의 마지막 목욕*을 할 수 있는 곳을 찾으셨나 보다.

* 입소 목욕: 요양원 입소하시면 제일 먼저 목욕을 시켜 드린다.

하루살이

퐁당퐁당: 하루 근무/하루 휴무
퐁당당: 하루 근무/이틀 휴무
주주야야비비: 주간 이틀, 야간 이틀 근무/이틀 휴무
요양원 근무의 세 가지 형태다.
'퐁당퐁당'
누가 만들었는지 참 잘 만들었다.
우리같이 요양원에서 밤을 보내지 않고
퇴근하는 자들을 진분 어르신은
'하루살이'라고 부른다.

숙모한테 잘하자

"어쨌거나, 니 숙모한테 잘해라이."

서언 어르신이
오늘 아침
나를 보자마자 말씀하셨다.

무너졌다

오늘 철원 어르신께서
입술이 다 부르터 딱지가 앉은
요양보호사 선생님 입술을 보더니
"거그가 다 무너졌네."
하셨다.

색칠 공부는 비 오는 날에

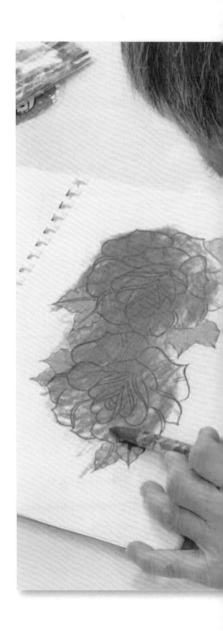

내 생각엔 아마도
색연필이란 것을
처음 손에 잡아 보신 듯하다.
입이 삐죽 나올 정도로 몰두하신다.
어르신은 색칠하는 것을
"닦는다"고 표현하신다.
꽃잎을 가리키며
"여그 더 닦아야제"
하신다.
예술 활동 시간이 끝난 후 나에게
"담에는 비 오는 날 가져오너라"
하시었다.
그녀는 영원한 농사꾼이다.

비가 안 오면
농사일을 해야 한다고
생각하는 것이다.

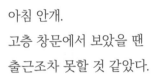

아침 안개.
고층 창문에서 보았을 땐
출근조차 못할 것 같았다.

차의 시동을 걸고
더듬더듬 가는 길
앞선 차가 의지된다.

한참을 가
지나온 길을 돌이켜 보면
멀리서 본 안개의 무게와
막상 안개에 감겨 느끼는 무게는
다르다는 것을 알게 된다.

삶에 희뿌연 안개가 몰려올 때
지레 앞선 걱정을 물리치고
막상 안개 속으로 들어가면
그래도 보이는 것들이 있다.

이런저런 생각을 하다 보니 어느새 요양원이다.

입 벌릴 뻔

철원 어르신은
식사를 하다가도
자신이 무언가를 먹고 있다는 사실을
자꾸 까먹는다.
그런 어르신께
난 계속 말을 걸면서
숟가락을 손에 꼭 쥐게 하고
반찬을 숟가락 위에
골고루 올려 드려야 한다.
아예 밥만 싹 드시거나
식사를 하다 말고
멍하니 계시기 때문이다.

상태가 더 안 좋으면
아예 밥을 다 먹여 드리고
상태가 더더 안 좋으면
반찬을 모두 갈아 죽과 함께 먹여 드리고
더더더 상태가 안 좋으면
코를 통해 튜브로 경관식을 해 드려야 한다.
식사를 드리면서

어르신들과 가장 많이 친해질 수 있다.*

철원 어르신의 식사를 도울 때
신경 쓸 일은
밥과 반찬을 숟갈에 떠 손에 든 어르신께
"입으로 출발~."
하지 않고 그냥
"출발~."
해 버리면 숟가락을 어디로 보낼지 몰라 당황하니, 꼭
"입으로 출발~."
해야 한다.

어제는 내가
"입으로 출발~."
하는데 하필 그 순간
내 뱃속에서 나온 꾸르륵 소리가 천지를 진동했다.
순간 철원 어르신이 들고 있던 숟가락이
내 입을 향해 출발하였다.
까딱 잘못했으면 이 글의 제목처럼 될 뻔한 순간이었다.

---

* 식사 케어는 사회복지사의 업무는 아니다.

꽉 찬 속

천사점토로
'송편 만들기'를 하면
어르신들은
과자나 고구마 같은 걸
부숴 으깨고는
편 안을 꽈악 채워 주신다.

천사점토는
다시 써야 하는데
그리 못 하게 되었다.

진종일 누워 계신 희서 어르신을 깨워
같이 놀자고
(어르신께서 나를 맨날 딸이라고 해서 평소 하던 대로)
"엄마. 나 왔어!"
했는데, 희서 어르신이
나를 보자마자 깜짝 놀라며
"엄마 죽었어?"
"너 친정엄마 죽었어? 딱해서 어쩌냐 우리 아가."
하시며 흐느끼기 시작했다.
"너는 아직 엄마가 있어야 한다."
"우리 아가, 친정엄마 죽어서 딱해서 어쩌냐."
"나는 괜찮은데, 너는 어떡하냐."
하시며 계속 계속 흐느꼈다.
"아가야, 아가야."

그게 아니라고
어르신 귀에 대고 아무리 소리쳐도
내 말은 듣지도 않고
혼자 그렇게 흐느낀다.

순혜 어르신은 재주꾼이다.

하루 종일 수세미 뜨개질을 하고 시간 나는 대로 꽃 색칠을 한다.

그냥 가만 계시는 적이 없다. 늘 무언가에 열중해 있다.

오늘 어르신이 급하게 나를 부르더니

담임 쌤에게 일러바치는 초딩처럼

"세상에 누가 내 그림에 요로코롬 방해를 해 놓았다."

하시며 누가 그런 짓을 했는지 범인을 잡아 달라 졸랐다.

화가 제대로 나 있었다.

나는 이 어르신 저 어르신 떠올렸으나

'도무지 그럴 어르신이 없는데, 선도 저렇게 꼬불꼬불 자유롭게 그릴 어르신이 없는데.'

하며 혼자 갸우뚱거렸다.

사실 우리 어르신들은 남의 일에 그리 관심을 두지 않는다.

그래도 혹시 몰라 CCTV를 돌려 보았는데, 맙소사! 누구도 아닌 순혜 어르신 당신께서 예쁘게 색칠을 하다가 갑자기 자기 그림에 막 '방해'를 놓는 장면이 나오는 게 아닌가. 일명 자작극.

'내가 이 일을 너무 잘하니 그걸 시기해 누군가 훼방을 놓으려고 한다. 그러니 그 사람을 혼내 주어야 한다.'

이런 자동 사고*로 자작극을 벌이는 인생들은 또 얼마나 많을 것인가. 누군가를 공격하고 싶어서, 남 탓을 하고 싶어서 망쳐 버린 내 삶의 작품들은 또 얼마나 귀하고 아까웠던가, 하는 생각에 뒤통수를 한 대 맞은 듯한 날이었다.

어르신들의 하루하루에 내 삶도 같이 담겨 있는 것이 신기하다.

---

*   automatic thoughts: 벡(A. T. Beck)이 제안한 인지적 성격 이론의 주요 개념. 마음속에 지속적으로 진행되는 인지의 흐름. 특정 정서적 반응으로 이끄는 특별한 자극에서 유발된 개인화된 생각이다. 의도나 의식적인 선택 없이 자발적으로 일어난다.

은총을 가득히 받은 이들이여

"우리 딱 한 숟갈만 먹고 그만 먹을까?"
"응."
"우리 딱 한 숟갈만 먹고 그만 먹을까?"
"응."
"우리 딱 한 숟갈만 먹고 그만 먹을까?"
"응."
"우리 딱 한 숟갈만 먹고 그만 먹을까?"
"응."
"우리 딱 한 숟갈만 먹고 그만 먹을까?"
"응."
"우리 딱 한 숟갈만 먹고 그만 먹을까?"
"응."

이렇게 철원 어르신은 겨우겨우 밥 한 공기를 다 드신다. 금방금방 까먹기 때문에 이렇게라도 밥을 드시게 해야 한다.

밥을 드시고 돌아서면 "배고파 죽겠다, 밥도 안 준다" 하시는 치매 어르신들도 있지만 밥을 아예 안 드시려고 하는 어르신들도 많다.

돌아가시기 며칠 전에

"죽을라고 내가 그러는 거다."

하시면서 아예 식사를 거부하다 정말로 며칠 만에 돌아가시는 경우도 있다.

"안먹어안먹어안먹어안먹어안먹어안먹어안먹어."

하면서 둥지 속 새끼 새마냥 입을 벌려 한 공기를 다 드시는 희서 어르신
도 있다.

밥.

내 몸이 그것을

흐르는 물처럼 받아들여 주는 것도

축복이다.

몹시 반기며 받아들이면

더더욱 큰 복이다.

은총을 가득 받은 것과 다름없다.

작은 깨달음

삶의 모든 과정이

나의 의식을 확장시키고

내면의 풍성함을 만끽하도록 돕고

영혼의 진화를 돕는 것이구나.

힘들고 고되고 지난한 길이었어도.

나는 진정 결핍형 인간이었다(분명 과거형이다).

디테일엔 강하지만 그것이 따뜻한 손길의 살림으로 이어지지 못하는 것은 그런 것을 본 적도 받아본 적도 없어서라고, 늘 투덜거리는 아이가 내 안에 있기 때문이었다.

요양원에 오면서 내가 신께 의뢰한 내용은 나를 세우기보다 따스한 달처럼, 태양궁의 게자리처럼 그저 상대를 반영해 주며 누군가를 빛내게 하는 그런 삶을 향하게 해 달라는 것이었다. 지금도 그 기도는 이어지고 있다. 그동안 혼자서 나만 빛나려 바둥거렸고 혼자 높이 솟으려 애썼었다. '페르소나'를 '나'라고 스스로 속여 왔던 청춘의 날들도 있었고, 수많은 관계에서 실패라 느끼는 경험들도 했었다.

요양원에서 만난 '요양사 언니들'은 그간 내가 만나 온 인간형과는 전혀 다른 캐릭터의 언니들이다. 교양이라곤 1도 없고, 수틀리면 바로 욕을 하며 어르신들과 걸쭉한 성적 농담도 일상적으로 하며, 제대로 배우지 못한 언니들도 많아 한글도 엉망진창이라 업무 보고서도 다 고쳐 주어야 하는 경우도 많다. 이메일이 뭔지도 모르는 언니들도 많다.

언니들은 매우 현실적이며 직접적이고 솔직하다. 감정의 기복 없이 항상성을 유지하며 늘 명랑한 소리로 크게 깔깔댄다. 그러니 요양원은 늘 도떼기 시장이다. 새벽 출근 전에 만들었다며 부침개를 부쳐 오는 근면성은 대체 어디서 오는 것인가.

간혹 어르신들을 괴팍하게 대하는 언니들도 더러 있지만 대체로 언니들은 나름 득도를 했거나 도를 닦고 있음이 분명해 보인다.

결국, 이 언니들이 우리 사회 소외된 어르신들의 똥오줌을 받아 내고 기저귀를 갈면서 그 영혼이 떠날 때까지 그들을 감당하고 있는 것이다. 가족조차 하지 못하는 일들을….

언니들의 쎈 캐릭터는 대체 어디서 기인한 것인지 연구 끝에 그것은 '삶과 죽음이 공존하는 바로 이 현장'에서 오는 것이라는 결론에 이르렀다.

애환을 같이하던 어르신들을 하나둘 떠나보내는 경험에서, 치매 어르신들의 숨겨진 따스함 속에서, 같이 웃고 울고 열받고 껴안으면서 하는 체험에서 가식 따윈 필요 없음을 깨달았겠지.

많이 배워 알게 된 많은 지식을 하염없이 풀어놓는 사람들을 수도 없이 경험해 되바라진 나를, 지금 이 주책바가지 언니들 속으로 던져 준 우주에 감사한다.

요.양.보.호.사.
기억하고 응원해 주어야 할 이름이다.
소외된 이들 생의 마무리를 함께해 주는 성스런 이름이다.

영혼의 치매

나는 어르신들께 당신들의 이름을 자주 써 드리고 당신들 사진을 자주 보여 드린다. 사진을 찍어 바로 보여 드려도 자신의 얼굴을 알아보지 못하고, 사진 속 주인공이 누구인지 모르는 어르신들이 많다. 극소수 어르신들은 자신의 사진을 보고 예쁘다고도 말하지만, 대부분의 어르신들은 늙었다거나 꼴보기 싫다며 치우라고 한다.

'나는 누구인가' 하는 존재론적 사색을 어릴 때부터 할 수 있게 되면 좋겠다. 존재의 확인을 얼굴이나 이름으로 할 수 있는 것은 아니지만 치매 어르신들께는 그렇게라도 자극을 드리려고 한다.
'지금 알고 있는 내가 나의 본질인가?'
'혹시 내가 모르는 다른 차원에서 왔거나 더 높은 영적 존재는 아닐까?'
우리는 그것을 잊어버렸다. 오랜 세월 3차원에 갇혀 존재를 망각해 버린 것이다. 치매 어르신들은 매일매일 그 사실을 내게 알려 준다.

사랑, 그 깊은 차원에서 벗어나면 그게 바로 영적 치매 상태인 것을. 겉으로 포장되어 드러난 외양으로만 나와 너, 이 세계를 규정하는 인식에 매몰되어 살다 결국 영혼의 요양원행으로 이생도 마감할 수 있다는 것을.
지금껏 해 왔거나 할 수 있는 것보다 몇 배 더 강한 강도로 신성한 존재들과 함께 스스로를 치료해 가야 한다.

경신 어르신은 침대 위에 앉아 하루종일 이불을 개고 펴거나 무언가를 접고 펴는 행위를 반복한다. 상상 속에서 늘 빨래를 개는가 보다.

그런 어르신께 더욱 마음을 쓰게 된 계기는 어르신의 목사 아들이 면회 올 때마다 어르신을 앉혀 놓고 설교를 하는데, 그런 어르신의 모습이 너무 힘들고 안돼 보여서였다. 아들이라는 이름으로 엄마를 보러 와 왜 목사 역할을 하려는 건지. 엄마에게 "기도하라. 기도하라" 엄마 마음을 짓밟으며 설교질 할 때마다 어르신은 그저 소리 없이 울었다.

어르신 말소리를 도무지 들을 길 없던 어느 날, 나는 아무 생각 없이 어르신 귀에 대고

"할머니, 사랑해요."

했는데 어르신이 갑자기

"나도 당신 사랑해."

라고 대답해 주는 바람에 완전 심쿵하였다.

그날 이후 우리는 매일 사랑 고백을 주고받는다.

"할머니, 사랑해요."

"나도 당신 사랑해."

'다다다, 당신…'이라니.

은근 달콤하지 아니한가.

백 한 번째 크리스마스

한 세기를 보낸 어르신은 지금 두 번째 세기를 즐기고 있다.

정체성

내가 미스라면
미스인 것입니다.

미스 김!

임인년의 복

검은 호랑이가
복 주머니 등에 지고 달려왔어.

어흥!
안 그래도 범 내려왔다.

"내가 나이를 먹으면 얼마나 먹었다고 어르신 어르신 한다냐."
"그럼, 언니라고 할까. 철원 언니?"
(너그럽게)"그래라."
"그래서 언니는 몇 살인데? 올해 오십은 넘었나?"
(눈동자를 굴리며 머뭇거리다)
"나, 여그 아직 오십이 안 넘었제. 이제 오십 막 넘을라고 맘상맘상헌다."

밥을 드시다가 다른 어르신께 밥 먹여 드리는 나를 보더니
"어야, 너도 어여 지퍽지퍽 묵어라."

복지사가 어르신들 앞에서 까불면
"그렇게 어른들 앞에서 조롱조롱하믄 몬 쓴다."

식사 시간에 귀찮다며 방에서 나가지 않으려 하는 어르신께 식사하러
나가자며 팔을 잡는 요양사 선생님을 마구 때리기 시작했다.
"어르신, 왜 사람을 그렇게 때리세요?"
(단호하게)"하늘 아래 아무 이유 없이 사람을 치는 사람은 없다."

어느 날 옆에 계신 어르신이 갑자기 소리를 지르자
"아야, 가슴이 투군투군해서 몬 살것네."

붉은 장독이면
어쩌리.
더 붉은 지붕이면
또 어쩌리.
어차피
하이얀 눈이
덮어 줄 건데 뭐.

눈도 오고
기분도 그렇고 해서

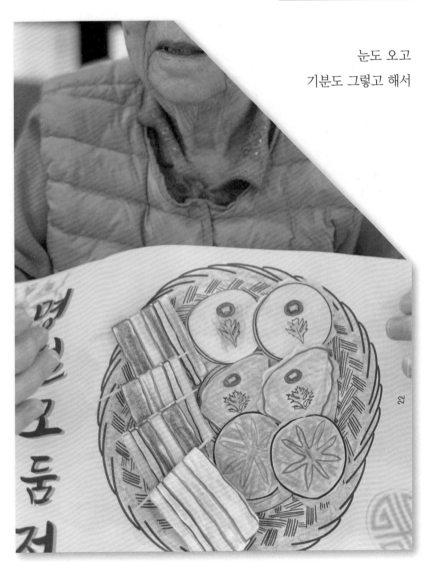

한방 쌍화차 한 잔.

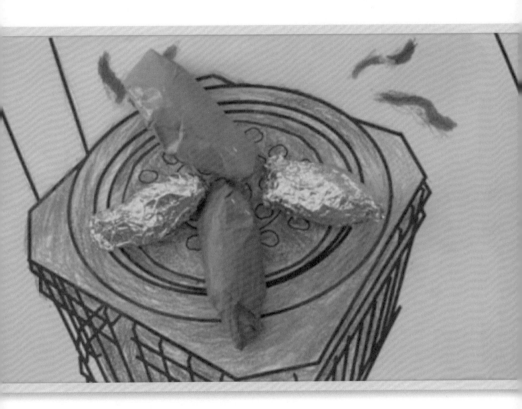

오늘은 군고구미.

오뉴월의 함박눈

함박눈 펑펑 나리는 1월의 창밖을 본다.
요양원 마당 눈을 쓸어야 하나.
미끌미끌 집에는 또 어찌 간다냐.
이런 걱정할 새 없이 마냥 아름다웠다.
캬!!!
눈 나리는 전경으로 딱 빠져들려고 하는 찰라
바로 옆에 계시던 옥순 어르신께서
"뭔 오월에 이리 함박눈이 내리냐!"
면서 욕을 한 바가지 퍼부으셨다.
도대체가 낭만을 즐길래야 즐길 수가 없어 내가.

모른 척함

하모니카를 잘 부는 인후 어르신께서
"고란사의 종소리…" 어쩌구 하시며 그 노래 가사를 알고 싶다
하시길래, 그 노래 제목이 〈백마강〉이라는 걸 알아내고 가사를
이쁘게 '궁서체'로 출력하여 어르신 잘 보이는 벽에 붙여 드렸다.
그걸 본 어르신께서
"세상에 글씨를 어떻게 이렇게 잘 쓰냐."
입을 떡 벌리며 감탄하셨다.

아직 멀었다. 나는 아직도 어르신들의 현실과 합일되지 못하고 있는 것이다. 오늘도 나는 어르신들과 색동이불을 개며

"옛날 생각 많이 나시죠? 옛날엔 설날이 되면 뭐뭐 하셨어요?"

낭만적으로 '회상 유도 프로그램'을 하려 했는데, 어르신들이 하나같이 말씀하신다.

"할 것이 많다."

"떡 찧어야 한다."

"이제 디게 바쁘다."

아이고, 죄송해요.

내 입장에서만 서 있었네요.

육 남매

한 방에 이렇게
다 주무셨대요.
색동이불 덮으시고
이렇게 주무셨대요.

우리 갈 길 다 가도록

백 한 살 분희 어르신 숨소리가 이상하고 산소 포화도가 뚝뚝 떨어지는 등, 상태가 심각하여 특별실로 이동해 드렸다. '특별실'은 임종 직전 어르신들이 생활실에서 분리되어 혼자 죽음을 맞이하는 방이다. 코로나 이전에는 가족들이 특별실에 들어와 어르신들 가시는 길을 배웅이라도 할 수 있었는데, 코로나 탓에 외부 사람이 들어오지 못하니 어르신들이 홀로 떠나시는 경우가 많다. 다행스럽게도 얼마 전부터 긴급 시 방호복을 착용하고 가족 한 명의 특별 면회가 허용되었다.

어두운 특별실에서 홀로 가쁜 숨을 쉬고 계실 어르신께 마지막 인사를 드릴 참으로 짬을 내 들어갔다. 그런데 잠시 후 어르신의 아드님께서 특별실로 들어왔다. 분희 어르신이 백 살이 넘었으니 아들이라 해도 팔십이 넘었을 터, 그가 요양원 어르신이라 해도 하나 이상할 것 없는 그런 아들이었다. 그런데 그 아들이 엄마의 임종을 앞두고 "엄마, 엄마!" 어린아이처럼 외치며 울음을 터뜨리기 시작했다.

부모의 죽음 앞에 오로지 당신 홀로 앉았다고 생각해 보았는가? 형제자매들이 올망졸망 모여 부모님을 배웅할 수 있는 것도 큰 복이다.

'어떡하지, 나가 버릴까' 하다가 나도 모르게 아드님께 혹시 종교가 있는지 조심스레 물었더니 교회를 다니신다고 했다. 절에 다니신다 하면 극락왕생, 성불, 윤회 등등의 이야기로 위로 드릴 참이었는데 그나마 익숙한 기독교라 하니 다행이었다.

아드님의 대답을 듣는 순간 내 입에서 나온 찬송가는 〈나의 갈 길 다가도록〉이었다. 그러나 '아 나 노래 못하는데, 찬송가도 별론데, 종교 생활 등진 지 오래되어 가사도 생각나지 않아. 아까 그냥 나갈걸. 개척 교회 권사님 권법으로 불러야 하나, 성가대 권법으로 불러야 하나' 고민하다 이내 머리 굴리기를 멈추고 가사를 아는 데까지 부르다 이내 허밍으로 이어 갔다. 어르신의 아드님이 울면서 따라 부르기 시작했다. '모르는 사람이랑 막 울며 찬송하는 나, 이게 무슨 일이고…'

잔잔하고 평화로운 에너지가 방안을 가득 채운다. 분희 어르신은 그렇게 곱디 고운(나만의 생각) 우리의 노래를 온몸에 감싸고 "우·우·우·우" 마지막 힘을 내어 아들과 인사를 나누고 길을 떠나셨다.

내가 누구이며 무얼하는 사람인지, 어르신이 어떤 사람이며 어떻게 살았는지, 그 아드님은 또 어떤 사람인지 관심이 없었으며 그저 어르신과 그의 어르신 아드님과 나를 감싼 따스한 그 무엇, 우주의 위로만이 그곳에 있었을 뿐이다.

우리들을 감싼 따스한 무엇만이….

2022년, 코로나 시대 요양원 설날 풍경

그노무 코코나

창을 사이에 둔 비대면 면회 중에

순혜 어르신이 막내딸에게 말씀하셨다.

"아이고 아침에 테레비 키면 그노무 '코코나' 죽었다고 연락 오믄 조컷따."

나에게 없지 않아 있는 것

정혜 어르신은 나를 보기만 하면 "요양원에 있기엔 차암 아까운 사람이다"는 말을 (특히 나의 빠른 가위질을 보면서)꽤나 자주 하신다.

어제도 정혜 어르신이 나 보고 손재주가 많다느니 재능이 많다느니 못하는 게 없다느니 하시길래 조금 쑥스러워서 "저는 사실 싸가지만 없지 다른 건 다 많습니다" 하고 대답하니, 진분 어르신이 나를 향해 손사래를 치시며 "아니야, 너 싸가지 없지 않아 있어"라고 하시었다.

봄나물 비빔밥

봄이
몹시도 기다려지는 나머지
우리 어르신들이
미리 해 드신 걸로 하겠습니다.

마음만은 봄

오늘
그래도 봄.

봄나물을 캤네.

어디 가지 마

변기 물을 내리지 않는다고
옥순 어르신을 못 잡아먹어
하루 해가 짧은
욕쟁이 진분 어르신.

옥순 어르신이 다른 방으로 옮겨 가자
결국 심장이 아프다며
극심한 우울증세로
앓아누우셨다.

그렇게 딴 방으로 보내라 하시더니
인간이란
경멸하고 욕하고 싸울 대상이 없어져도
우울해지는가 보다.

그러니
보기 싫은 자가
적당히 그 자리에 있어 주는 것도
고마운 일인가 아닌가.

"루루쭈르너쭈루루뿌루너이쁘다."

이렇게 대화 중에 귀를 쫑긋 집중하게 만드는 진춘 어르신이 병원으로 이송되어 가셨다. 보호자가 백신 접종을 워낙 반대해 백신을 한 번도 안 맞은 게 걱정스럽다.

인지가 낮지만 모든 대화가 가능한,
늘 나를 빵 터지게 하는 진춘 어르신.
갑자기 침대에 눕힌 채 병원차에 태워 드리니 궁금증 가득한 눈빛으로 나를 계속 쳐다본다.
어르신의 눈빛이 내게 말한다.
"이게 어찌 된 일인지 나에게 설명해 다오."
나는 큰 소리로 대답해 드렸다.
"병원 구경도 하고 금방 치료받고 오실 거예요. 치료받고 빨리 오세요. 괜찮아요, 괜찮아."
불안 가득한 얼굴로 어르신이 끄덕끄덕, 침대 위에서 나를 쳐다보는데 차 문이 닫혔다.

부디 너무 외롭지도 아프지도 않고
건강하게 컴백 홈 하시기를….

똥들이 주는 지혜

똥, 그노무 똥이 문제다.

인간은 늙고 병들면 결국 아가처럼 누군가가 똥 뒤처리를 해 주어야 한다. 단언컨대 요양원에서 요양사들 이야기의 80~90%는 어르신들 '똥' 이야기다.

너무너무 얌전한 어르신이 똥을 싸서 곱고 이쁘게 동글동글 만들어 침대 위에 곱게 진열해 두시는 경우도 있고, 똥 싼 기저귀를 빼서 다 찢어 놓으시는 어르신도 계시고, 똥을 쌌는지 안 쌌는지 전혀 모르시는 어르신도 있다. 요양원은 항상 지켜보는 요양사가 있어 다행히 빨리빨리 처리되지만, 똥 문제는 이곳 일 중 가장 큰 비중을 차지한다.

어느 날인가 한 요양사 선생님이 말했다.

"인간은 똥으로 시작해 똥으로 끝나는 것 같다."

말 못 할 고통 속에서 똥 처리조차 못하는 어르신이라 할지라도 그의 영혼이 지금 어떤 존재를 만나 영적으로 무엇을 보고 느끼는지 누구도 알 수 없는 일. 그러기에 어르신들의 똥 문제가 아무리 심각해도 큰 소리로 그들의 똥에 대해 입에 올리는 것은 금지되어야 한다.

오늘은 어르신들이랑 아예 '똥 만들기' 놀이로 한참을 보냈다.

옥순 어르신은 긴 똥을 만들었다.

나는 옥순 어르신이 똥 싸고 물 안 내린다고 못 잡아 먹어 안달 난 욕쟁이 진분 어르신 이불 위에 그 똥을 예쁘게 올려두었다가 결국 등짝을 여러 대 맞았다. 그래도 옥순 어르신의 그간 서러움을 대신 풀어 드린 것 같아 무지 착한 사람이 된 기분이었다.

현재 코로나 현황. 어르신 20명, 요양사 5명 확진.

어르신들은 전부 병원으로 이송되었는데, 증상이 경미하여 목만 조금씩 아프다고 한다. 그나마 다행이다.

"나 한 개도 안 아픈데 왜 병원 가냐?"

하시는 어르신들이 많다. 치매가 있는데 익숙한 보호자 없이 낯선 병원에 일주일을 계셔야 하는 문제를 빼면 그리 심각한 상황은 아닌 듯했다. 일단 확진되면 보건소에 보고 후 문서를 정리하고 나면, 바로 병원을 확인하여 병실을 배치해 준다. 그리고 환자 이송을 위한 구급차가 온다. 시스템이 잘 되어 있다.

초기 코로나 팬데믹에 따른 트라우마가 얼마나 심했었는지 느끼는 나날들이다. 괜히 마음이 불안해 그렇지, 차분히 대응하면 (기저 질환자가 아니라면)독감이나 그 정도에도 미치지 않을 수 있는 상황이다. 코로나가 한창일 때, 마주 보이는 요양원으로 일주일에 두세 번씩 '관'이 들어가는 모습을 보며 근무했던 시기가 있었다. 말도 안 되는 나날이었다. 그때 상황에 비하면 지금은 아무것도 아니다.

요즘 나의 업무 중 하나는 다이소에 가서 어르신들 일회용 식기들을 싹 쓸어 오는 일이다. 코호트 격리가 시작되면 일회용 식기를 사용해야 한다. 사무실 직원들은 순환 근무로 일주일에 이틀만 출근하게 되었다.

한 분도 돌아가시지 말고 지나가면 좋겠다.

제발 그러기를 기도한다.

4

그래도 봄은 온다

개나리 꽃잎 20인분

어제에 이어 오늘, 다섯 분 어르신이 코로나에 확진되었고, 요양원은 다시 비상 체제로 돌입했다. 사무실 직원과 사회복지사들도 층간 이동이 금지되고, 일체의 어르신 접촉 금지령이 내려지는 바람에 결국 사무실에 감금되었다. 방호복을 입고 어르신들 방을 오가며 땀을 뻘뻘뻘 흘리는 요양보호사 언니들에겐 미안하지만 어쩔 수 없다.

이런 시간에는 평소에 엄두도 못 낼 '개나리 꽃잎'을 피워 놓자.

20인분만.

알게 모르게
봄은 오고 있으니.

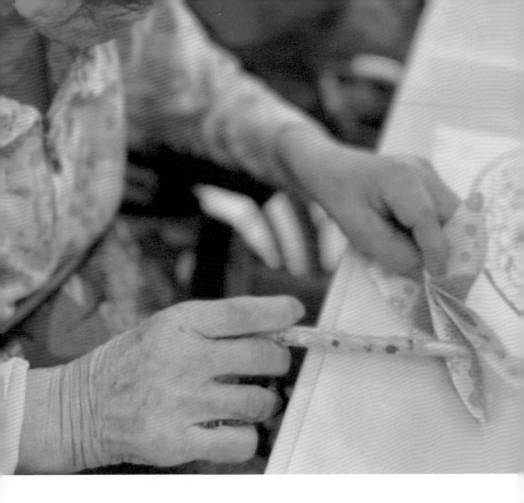

마침내 봄 꽃

1930년생 여성
마침내 봄 꽃에 노란 빛을 입히다.

그래도 봄은 온다

어쨌거나 지금부터
우리들이 주목해야만 할 사실은
3월부터는 무조건 봄이라는 진실이라네.
알게 모르게 우리들 안에
말리어 움츠려 있었던 것을
진득하게 꺼내 펼치게 하는
봄 말일세 허허허.
차나 여러 잔 하세.

건강하게만

궁금증과 걱정스러움이 가득하던 차에
진춘 어르신이 입원하신 병원에서 연락이 왔다.
"이 어르신, 원래 이렇게 때려요?"
"네네."
낯설고 무서우신 모양이다.
어르신,
여기저기 막 때려도 좋으니 건강하게만 계시다 오세요.

우리 요양원, 어르신들과 직원 합해 121명인데 아직 괜찮은 분들이 나를 포함 55명이나 남았다. 하지만 시간 문제겠지. 병원에 이송되었던 어르신들은 각각 이송된 낯선 요양병원에서 불안해하셨을 테고, 신체 제재마저 심하게 당하셨다고들 한다. 신체 제재란 불가피한 상황에서 가족들의 동의를 받고 신체를 제한하는, 쉽게 말해 손발을 묶는 등 주로 와상 어르신들이 자꾸 콧줄을 빼거나 할 때 취하는 불가피한 조치를 말한다.

병원에서 돌아온 어르신들 눈동자에 초점이 없고 힘도 없고 대답도 없어 영혼이 빠져나가 버린 느낌이다. 서로 흩어져 아는 사람 한 명 없는 곳에서 일주일이나 격리당하고 오셨으니 오죽하셨을까. 게다가 인지가 있어 우리 요양원에서는 한 번도 신체 제재를 받아 본 적 없던 어르신이 손발이 묶였다면 그 놀라움은 더했을 것이다.

손뼉 치며 노래하고, 싸우며 밀고 치고 넘어지고
욕하던 어르신들로 곧 돌아오시겠지.
너무 늦지 않게
봄바람 산책
함께할 수 있게 되기를.
너무 늦지 않게
어르신들의 걸쭉하고 찰진 욕들을
들을 수 있게 되기를.

결국, 죽음이 일상이 된 날들

결국, 두 어르신이 돌아가셨다.

'결국'이라는 말, 이게 다였으면 좋겠다.

한 분은 진희 어르신, 또 한 분은 남문 어르신이다.

남문 어르신은 일생을 바람피우고, 아내에게 폭력마저 휘둘렀던 과거가 있었다. 때문에 그의 아내분이 요양원에 면회 오면 남편을 직접 대하는 일 없이 CCTV로 보면서 욕을 퍼붓다 가곤 했었다.

"아직 살아 있는지나 보러 왔다"면서.

그런 아내분이 어르신의 코로나 확진 소식을 듣고 치료받을 수 있는 병원을 직접 알아보겠다고 적극적으로 나섰다가 결국 병실을 구하지 못했고, 어르신은 대기 중이던 차 안에서 숨을 거두었다. 지침이 내려오는 대로 차분히 따랐다면 어르신은 조금 더 살 수 있었을까?

치매가 심해 먹을 것을 드리면 환하게 웃고, 맘에 안 들면 식판을 던지거나 직원들에게도 툭하면 주먹을 휘두르던 어르신은 그렇게 누구의 인사도 받지 못하고 차 속에서 홀로 떠나셨다. 외로우셨을까.

진희 어르신 역시 기저 질환을 가지고 있었지만, 아무 증상도 없던 중에 갑자기 가시는 바람에 너무너무 놀랐다. 진희 어르신에게는 어릴 때부터 키운 당당하고 예쁜 손녀가 있다. 아들이 이혼하고부터 당신이 내내 손녀를 키우셨다 한다. 나는 할머니를 그렇게 살갑게 챙기는 손녀를 본 적이 없다. 간식이며 반찬이며 바리바리 정성스레 챙길 뿐 아니라, 연락을 하건 면회를 오건 애닳은 정이 넘치는 모습이 우리를 늘 뭉글뭉글하게 만들어 주곤 했다.

손녀는 지난 연말에 결혼했는데, 그녀에게 엄마였을 할머니의 빈자리가 얼마나 크게 느껴졌을까. 신혼여행 다녀와 할머니 잘 부탁한다며 사무실 직원들에게 선물한, 말도 안 되게 달콤한 쥐포가 아직 남아 있는데.

지난 설에 대면 면회가 안 되어 창문 너머로 할머니를 아득히 바라보던 손녀의 눈동자가 떠올랐다. 눈물 그렁그렁한 눈에 애써 목소리를 키워 씩 씩하게 얘기하던 예쁜 손녀.

나는 진희 어르신이 그 예쁜 손녀의 딸로 다시 태어나면 좋겠다고 생각했다. 아마 그럴 것이다. 그렇게 그녀들의 사랑은 영원히 이어질 것이다.

남문 어르신 가족들 또한, 힘들었을 삶의 와중에도 좋은 기억 한 조각 찾아내길 간절히 바란다. 작은 한 조각이라도.

돌아오시다

참! 초기에 코로나 확진으로
병원에 이송되었던
천종 어르신이
오늘 요양원으로 컴백하셨다.
"여기가 도대체 어디냐!" 하시며
참으로 씩씩하게 돌아오셨다.

이러다

아, 그리고 비확진 어르신들이
열흘째 각방에서 격리 중이다.
어르신들이
"이러다 정말 치매에 걸리겠다."
하며 성화다.
치매도 내가 아니라면 아닌 것이다.

파란 딱지

시설 현황판에
입소자와 직원 이름표가 붙어 있다.
확진자는 빨간 딱지
결정 보류인 이들은 노란 딱지
다 치료하고 돌아온 이들은 파란 딱지.

오늘
차가운 봄바람을 타고
심명 어르신께서
병원에서 돌아와
파란 딱지로 바꿔 드렸다.

코로나로 실시되었던 삼 주간의 요양원 각층 격리가 내일이면 끝난다.
이제껏 다섯 분이 돌아가셨고
몇몇 분은 아직 힘든 숨을 쉬고 계시고
나머지 분들은 회복에 성공했다.
1층이 끝까지 청정 지역으로 남았고,
2, 3층은 전원 감염되었었다.
어르신들이 나란 존재를 많이 잊었을 텐데
막 취업했다 치고 새롭게 다시 시작해야지.

어르신들이 많이 보고 싶다.
한 건물에서 생활하면서도 삼 주간 CCTV로만 얼굴을 봤다.
내일은 출근하자마자 한 분 한 분 껴안아 줄 참이다.
울지도 모른다.
병원에 이송되었던 어르신들이 많이 야위어진 몸으로 돌아오시지만
한 분 한 분 돌아오실 때마다 너무도 반갑다.
1층 욕쟁이 진분 어르신은
"잡혀가지 않고 살아남았으니 이제 싸우지 말고, 욕하지 말자."
말하며 새롭게 시작하자고 같은 층 어르신들에게 호소하고 있다.

욕은 진분 어르신만 안 하면 된다.

살아 돌아온 자들이 피운 목련

무사히 살아 돌아온 어르신들과 미술 놀이를 시작했다.
떠나버린 친구도 많아 허전하고 먹먹하고 전에 비해 기
운도 웃음도 많이 줄었다. 그다지 신날 수 없는 상황임
에도 서로 살아 돌아온 것 자체를 축하하며 박수쳤다.

오늘 수업에서는
각자 따로 그린 목련을 다 이어
키 큰 목련나무를 만들었다.

한 명이 아프면 다 아프고
한 명이 나으면 다 나으니
그냥 다 낫기로 하고 박수를 쳤다.

마지막에는
"잘 먹고! 잘 싸고! 잘 놀고! 잘 자자!"
구호를 세 번 외치고 또 박수를 쳤다.

사투 끝에 비로소 살아남으신
나의 어르신 친구들과
다시 봄을 구경할 수 있게 되었다.

한 줄과 두 줄의 운명

출근길
요양원 입구에서
신속 항원 검사를 하게 되어 있다.
한 줄이 나오면
들어가서 일을 하고
두 줄이 나오면
집으로 돌아가야 한다.
매일 하는 일이라 괜찮다.

구루뿌를 말았어

오늘
기분도 그렇고 해서
우리 어르신들
머리를 말았다.

여든 살이 하고 싶었던 절순 어르신이 돌아가셨다.

코로나 확진받은 지 고작 이틀 지났는데 새벽에 그렇게 조용히 돌아가셨다. 돌아가시는 날까지 혼자 힘으로 식사를 하시던 어르신은 눈만 마주쳐도 갓난아이처럼 아주 환하게 웃어 주시던 어르신이었다.

다른 어르신들께는 '어르신'이라 불러도 절순 어르신께는

"할머니이이이~."

하며 애교를 떨게 된다. 어르신은 그런 나에게 아가 미소로 반겨 주곤 했다. 어르신은 늘 존댓말을 했다. 나는 단 한 번도 그녀가 직원들에게 반말하는 모습을 보거나 듣지 못했다.

가끔은 밤새 가슴이 아프다 하셨고, 아들이 죽은 것 같다며 울기도 했고, 엄마 아빠를 부르며 보고 싶다고 끙끙 앓기도 하셨다.

어르신의 팔십 넘은 아들은 엄마보다 자신이 먼저 갈까 봐 늘 걱정했었는데, 이제 더 이상 걱정을 안 해도 되게 되었다.

나는 더 이상 어르신의 아가 미소를 못 보게 되었다는 안타까움보다 직장이라는 곳에서 일하며 매일매일 아가 미소를 보며 행복했다는 기억만 마음에 남겨 두려 한다.

할머니 안녕.

그동안 보여 주신 아가 미소와 저에게 해 주신 존댓말

정말 고마웠어요.

이날도 나는 스피커를 들고 각 방을 돌았다.

와상 어르신들은 365일 침상에만 계시니 나는 방 방을 돌아다니며 수다를 떨고, 어르신들의 신청곡을 받아 음악을 틀어 드리거나 내가 알아서 선정해 들려드리기도 한다.

신나는 뽕짝도 좋지만 〈고향의 봄〉 같은 노래도 아련한 감동과 함께 좋아하지 않을까 하여 귀가 잘 안 들리는 어르신들을 위해 볼륨을 최대로 올리고 귓가에 스피커를 대 드린다.

역시 눈물을 흘리시는 호인 어르신,

〈고향의 봄〉을 들으시더니 슬프다며 슬며시 눈물을 훔치신다.

나는 어르신들을 울릴 때 희열을 느낀다.

그다음 영백 어르신 역시 음악을 들으며 침묵에 잠긴다.

'역시 나는 중요한 존재야. 이것 봐, 또 어르신들께 감동을 줬어.'

다음 방으로 넘어가 수성 어르신 귀에 대고 음악을 들려드렸다.

잠시 후, 잠잠히 음악을 듣던 수성 어르신께서

너무 괴로운 표정과 함께 금방 숨넘어갈 듯한 목소리로 나를 불렀다.

"서어어어언새애애애앵니이이이이임…."

"서어어어어어언새애애애애앵니이이이이이이님…."

나는 '너무 슬프신 건가?' 생각했다.

그런데 어르신의 입에서 너무도 힘겹게 흘러나온 말씀은

"너어어어어무 시끄러워요 너어어어어무요."

이었다.

수성 어르신은 귀가 잘 들리시는데

내가 그만 생각 없이 볼륨을 최대로 올린 채

그것도 어르신 귀에다 스피커를 바짝 들이대고 들려드렸던 것이다.

나 혼자 완전 빵 터져 무안한 웃음을 아주 크게 웃었다.

약한 존재들의 눈동자

모든 존재의 눈동자를
고요히 쳐다보는 일
그 누구에게도
잘하는 일이 아니다.

그러나 가끔
특히
힘이 약한 존재의 눈동자를
고요히 쳐다보는 순간
나는
신성의 바다로 안내된다.

이제는 화전을 해 먹으며 행복합니다.

욕쟁이 진분 어르신의 둘째 아들에게서 요양원으로 전화가 왔다.

어젯밤 엄마로부터 전화가 왔는데, 같은 동네 할머니 몇 분과 더불어 요양원에서 나와 다른 마을에서 지내게 되었다 하시던데 어찌 된 일이냐 묻는 것이었다.

진분 어르신이 1층은 '우리 동네', 2, 3층은 '다른 동네'라 하는데 코로나 때문에 할머니 몇 분과 함께 지내던 1층을 떠나 2층 방에 격리하게 된 사정을 아들에게 전화로 그렇게 말한 것이었다.

설명을 들은 아들은 그래도 못 미더웠는지 엄마가 동네에서 나와 잠깐 지내신다는 마을 이름까지 대며 '무슨 리'라고 말씀하셨다 하며 거듭 확인한다. 나는 그 순진한 아들에게 웃으며 친절한 목소리로

"아이, 어머님께서 하시는 말씀 다 믿으시면 안 돼요."

하고 말했다.

아들은 사랑하는 엄마가 치매라는 것을

그렇게 그렇게 오래되어도,

그렇게 그렇게 믿기 힘든 것이다.

그나저나 나는 또 2층에 가서

2층 마을 이름이 무슨 '리'인지 알아 두어야 한다.

알게 모르게 바쁜 곳이 바로 이곳 요양원이다.

순연 어르신은 3층 마을의 심술 대장이다.

당신 자리에 누가 잠시라도 앉을라치면 고래고래 소리 지르고, 다른 어르신이 조금이라도 몸을 건드릴라치면 괴성 섞인 욕을 하며 워커를 휘둘러 넘어뜨리곤 해 다른 어르신들이 웬만해선 그녀를 피해 간다.

그런 어르신이 눈만 마주치면 반복해 묻는 말이 있다.

"쌀 왔어? 교회에서 쌀 왔어?"

이런 어르신들과는 여러 이야기 끝에 풀리는 실마리들이 있다.

이야기를 종합하여 추측컨대 순연 어르신은 교회를 열심히 다니셨다. 교회에서 쌀을 받아 먹었고, 집사까지 맡으셨었다.

헌금 이야기도 자주 하시는데, 어쩌다 쌈짓돈이라도 생기면 모두 헌금으로 바쳤다고 한다.

내가 찬송가를 불러 달라 부탁드리면 어눌한 발음이지만 〈예수 사랑하심은〉을 4절까지 외워 부르신다. 후반부로 갈수록 속도가 점점 빨라지다 2절 후렴쯤에서는 꼭 울면서 부르고, 4절쯤엔 너무 빨라 알아들을 수 없게 된다.

아, 물론
찬송가를 다 부르시고 나면
바로 험한 욕을 하신다.

봄바람아 부탁해

겨우내 덮었던 이불을 빨아 널었다.

봄바람이 말려 주겠지.

진달래 먹고
물장구 치고

오늘은 어르신들께 개나리 사진을 보여 드렸다.

서언 어르신이 개나리 사진을 딱 잡더니 놓지 않으신다.

평소에는 절대 대화가 안 되는데, 세상에나 오늘은 주고받고

계속 대화가 되는 게 아닌가!

"엄마, 개나리 알지?"

(그녀가 나를 막내딸이라고 하므로 나는 그녀를 엄마라 부른다)

"개나리 모를까 봐서?"

"엄마, 그동안 집에서 너무 놀았지. 이제 개나리 폈어. 밭에 나가야지. 좋은 날 다 갔스."

"늬 아부지는 벌써 나가셨냐?"

이런 식의 대화였다.

이런 대화만으로도 요양사 선생님이 박수를 치며 환호한다.

묻는 이야기에 무려 대답이란 걸 하셨으니

그것만으로도 신기하고 좋았던 것이다.

어르신이 개나리 사진을 물끄러미 한참을 들여다보다

한마디 툭 던진다.

"섬이 참 조트라."

계속 아가씨

그대,

그렇게 꼭 돌아가고 싶은 지점은 어디입니까?

이렇게 우기고 싶은 지점 말입니다.

　매일매일 색칠 공부를 하시는 숙진 어르신께 공금을 조금 유용해 특별 선물을 드렸다. 숙진 어르신께서 자리에서 일어나시더니 폴더 인사로 "고 맙다, 고맙다" 하셨다. 그리고 삼 분 정도 지났는데,

"이게 백만 원도 넘을 텐데, 집이나 사지 뭘 이런 걸 다 사 왔냐!"

하며 고래고래 소리를 지르셨다.

뭘로 칠하냐고

매일매일 색칠 공부를 하시는
자작극의 여왕 순혜 어르신은
색칠을 하실 때마다 색깔이 없다고
칠하고 싶은 색깔이 없다고 하여
숙진 어르신과 같은
오십 색 색연필을 사다 드렸다.
어르신은
그 색연필을 덮어 놓고 구석에 두더니
계속 칠할 색연필이 없다
색이 없다 하신다.

내게 주어진 내면의 풍요로움을 잊지 않길
스스로에게 바라게 되는 날이다.

우리 요양원에 구호가 있다.
내가 선창하면 어르신들이 따라 하신다.
잘 먹고!
– 잘 먹고!
잘 놀고!
– 잘 놀고!
잘 싸고!
– 잘 싸고!
잘 자자!
– 잘 자자!

오늘 희서 어르신이 "잘 싸고", "잘 자자" 사이에
"게다가"를 넣어서 구호가 더 매력이 있어졌다.
귀에 착착 감긴다.
자꾸 하게 돼.

우리 아들은 죽어수꽈?

오늘은 제주 할매 옥혜 어르신의
제주 4·3사건 이야기를 듣는 것으로 하루 일과를 시작하였다.
지난해와 다르지 않게.

아버지와 마을 남자 어른들이 모두
불에 태워져 그을린 모습을 보았고
마을 언니들이 모두
손이 뒤로 묶여 잡혀가고
어린 옥혜는 트럭에 실려
벌벌 떨며
운동장에 모여 있던 일로 시작하는 이야기.

그런 옥혜 어르신 아들이
우리 요양원에서 간호조무사로 일하는데,
어르신은
아들이 보이지 않는 휴무일이면 꼭
"우리 아들, 죽어수꽈?"
물어보신다.

그래.

마무리, 마무리가 된 듯하다.

길고 긴 터널을 드디어 빠져나온 것이다.

오늘까지 직원이나 어르신 중 누구도 양성이 나오지 않으면

거의 코로나 안전 상황으로 진입하는 것인데,

드디어 오늘 양성이 한 명도 나오지 않은 것이다.

거의 한 달 가까이를 방에 갇혀 계시던 1층 어르신들이

중앙 거실에 모두 나와 함께 식사를 했다.

똑같은 밥이고 똑같은 반찬인데

각자의 방에서

각자의 침대 위에 앉아 드시는 밥과는

아주 달라 보인다.

그러고 보면 우리는

'그냥 밥'을 위해 사는 것이 아니라

어쩌면

'같이 밥'을 위해 사는 것 같기도 하다.

돌고 도는 나눔의 삶

정숙 어르신이
버들강아지와 오리로
파릇한 이 봄을 말하는데

옆에서 화전을 부치던
희서 어르신은
정숙 어르신 배고플까 봐
화전을 건네준다.

정숙 어르신은
자기는 밥 먹었다며
그걸 또 오리에게 주는

눈물 나게 아름다운
나눔의 삶을 표현한
요양원 어르신들의
뛰어난 콜라보 작품이라
할 수 있겠다.

혼자 있고 싶다.

욕쟁이 대장님
봄을 타는지 혼자 있고 싶으시다고
방 좀 얻어 달라고
몇 번이나 사무실을 찾아오셨다.

내가
"오늘 나 퇴근할 때 우리 집에 같이 가시자."
"우리 집에 같이 가서 색칠 공부도 하고 빨래랑 청소랑 밥 좀 해 달라."
하였더니, 늘 그러하셨듯
다양하고 창조적인 욕들을 쏟아 놓고
방으로 가셨다.

그나저나
개나리 노란 꽃그늘 아래
가지런히 놓여
한숨 자고 싶다.

마지막 봄일지 몰라서

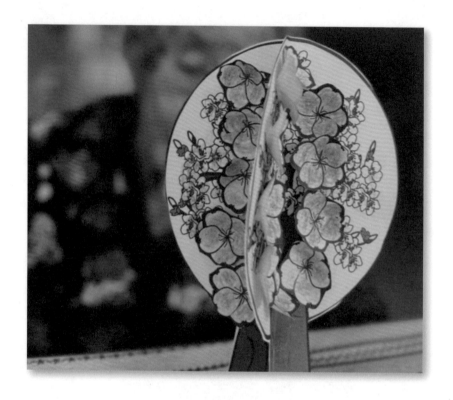

그냥,

어르신이

꽃을 피우셨어.

하늘이 더 따뜻해지면
햇볕 산책에
시간을 내주어야 하므로
서둘러 모를 심었다.

세상만사
아무 관계 없는 듯
무심히 흐르는 봄
그저 이 봄에

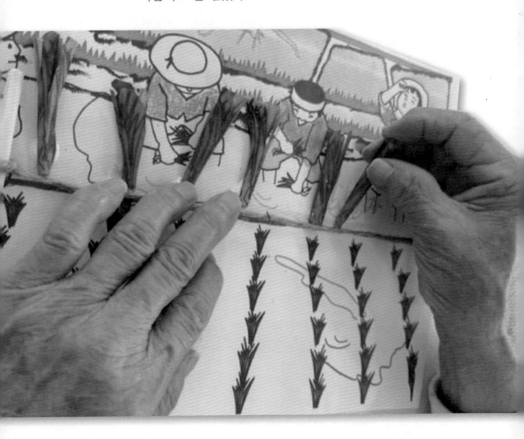

숙진 어르신 기분에 따라 하루의 날씨를 알 수 있다.

날 궂고 비가 내릴 하늘이면

어김없이 하루에도 수십 번 사무실로 찾아와

"제발 집에 좀 데려다달라" 하거나 "이빨을 내놓으라" 하기 때문이다.

날이 멀쩡한데도 숙진 어르신께서 집 타령을 하면 직원들은

"어, 이상하네. 비가 오려나."

하는데, 그때마다 틀림없이 비가 온다.

오늘도 그런 날이다.

나는 늘 이 메모지를 준비해 놓았다가

숙진 어르신이 사무실에 들를 때마다

내밀면 어르신은 폴더 인사와 함께

"고맙습니다."

"그럼 방에 가서 짐을 쌀게요."

하며 방으로 돌아가신다.

다행인지 불행인지 방에 돌아가는 동안 이 모든 과정은 잊혀진다.

이 과정을 하루에 대여섯 번 하는 경우도 있다.

철원 어르신을 침대에 앉혀 밥을 먹여 드리는데,
깔끔 대장 철원 어르신이
똥머리하고 삐져나온 내 뒷 잔머리가 거슬렸는지
갑자기 손바닥에 침을 뱉어 문질러
내 뒷 잔머리를 정리해 주셨다.

침 뱉어서 문제 해결하는 거, 예수님만 하는 게 아니었어.

MZ 어르신들

너무 시대에 뒤처지는 것은 또 좀 그러니까
오늘은 어르신들과 '박재범과 아이유'의 〈가나다라〉를 들었다.
미스 김 아가씨 어르신께서는
"젊은 사람들 하는 걸 자꾸 해야 젊어진다."
하시며 리듬을 타 주셨다.
다른 어르신들도 한 분 두 분씩
손으로 책상을 치며 리듬을 함께 느꼈다.
리듬을 따라오기 힘들었는지
정인 어르신이 중간에 시끄럽다 소리치셨지만
그런대로 괜찮은 시간이었다.

치매 어르신들과 그림을 그리다 보면 신기한 것들을 많이 볼 수 있다.

장미 잎을 붉게 칠하다 꽃을 갈라서 두 개 정도의 잎은 똥색이나 검은 색으로 칠한다. 꽃을 마구 칠하다 책상 위까지 다 칠한다거나 색연필을 거꾸로 쥐고 계속 칠한다거나 색연필을 먹기도 한다.

색이 잘 나오고 있는데 계속 안 칠해진다고 하는 경우도 많다.

작품을 끝내자마자 금방 잊어버리고는 왜 나만 그림 안 시키냐 따져 물어 그림을 몇 번씩 그리는 일은 다반사다.

내 계획대로 프로그램이 진행되는 일은 단 한 번도 없기에 준비하면서 아예 예상 같은 것은 하지 않아야 한다. 이 세상 저 세상, 어떤 가능성이든 싹 다 열어 두어야 한다.

치매 어르신들과의 수업 중 가장 조심해야 하는 원칙은

'교정 금지! 지적 금지! 면박 금지!'이다.

가끔 지나던 요양사 선생님들이 어르신 그림을 보고

"이게 뭐냐, 꽃 색깔이 틀렸다."

지적질을 해대는 경우가 있어 나로 하여금 분노가 일게 만든다.

있는 그대로를 두고 보는 연습, 지적질이나 판단 없이 보는 연습으로 이보다 더한 기회는 없다. 설혹 가끔은 속으로 헉, 하고 놀랄지언정.

그리하여,

나는 오늘 태어나 처음으로 블랙 민들레를 보게 된 것이었다.

명진 어르신은 우리 요양원에 몇 달 전에 오셨고, 그의 아내는 어제 입소하셨다.

명진 어르신이 입소하시던 날, "아내분도 곧 우리 요양원으로 오실 거니 걱정 마세요" 하고 해맑게 말하는 나에게 명진 어르신은 "내 마누라는 죽었다" 하셨다. 아니라고, 살아 계시다고 아무리 말해도 "믿을 수 없다", "내 마누라는 죽었다", "내가 죽은 걸 봤다"고 계속 말씀하셨다.

대표님의 이야기로는 명진 어르신 아내분을 우리 요양원에 모시기 전에 아들이 먼저 요양원으로 전화를 했다고 한다. 입소하면 아버지와 어머니가 같이 계시는 건지, 만나지 않게 해 줄 수 있는지, 아버지가 평생 어머니를 때려서 요양원에서마저 엄마가 아빠에게 맞을까 봐 걱정되어 한 전화였다.

어르신은 평소 꼬장꼬장한 설교조로 직원들에게 온갖 교회 용어를 써 가며 궤변을 늘어놓는다. 그러다가도 찬송가를 들려드리면 바로 눈이 벌게지면서 눈물을 흘린다. 요양사 선생님들은 그 모습이 세상 가식 같다고들 하는데, 나는 아직 그의 눈물을 어떻게 볼지 결정하지 않았다.

입소 초기만 해도 식사를 입으로 했던 명진 어르신이 지금은 콧줄에 의지해 음식을 주입한다. 자꾸 손으로 콧줄을 빼는 바람에 신체 제재를 가

할 수밖에 없어 두 팔은 침대에 묶여 있고 몸은 뼈밖에 안 남은 그런 아비임에도 아직도 엄마를 때릴까 봐 아들은 걱정을 한다.

눈부시게 찬란한 이 봄날.
남편은 308호
아내는 310호에
서로의 존재를 잊은 채
그렇게 누워 있다.

월급은 받니?

욕쟁이 진분 어르신이 나한테
"대체 이런저런 일들을 월급은 받아 가면서 하는 거냐?"고 물었다.
나는 그 오후에 조금은 지치고 귀찮아서 동공이 풀린 채,
어르신 얼굴을 멍하니 쳐다보고 있으려니 어르신께서
"아…, 니가 그런 것까지 알 필요가 뭐가 있냐, 이거여?"
하길래 나도 모르게 고개가 끄덕여졌는데,
욕쟁이 어르신이 오히려 빵 터졌다.

참 다행이었다.

우리 요양원에는 세 쌍의 부부가 있었다.

한 쌍은 요양원 같은 층에 계시면서도 서로의 존재를 모르는 슬픈 인연 부부, 한 쌍은 잉꼬 부부로 나란히 침대에 앉아 손잡고 벽 멍을 때리시는 부부, 그리고 또 한 쌍.

그 한 쌍이 그제 헤어졌다. 범창 어르신께서 지난 번에 코로나 확진으로 병원을 다녀온 후 영 기운을 못 차리시더니 그제 갑자기 돌아가셨다. 요양사 선생님들이 바로 옆 침대에 누운 아내 정안 어르신이 못 보게 급히 범창 어르신 침대를 옮겨 특별실로 모셨다. 아직도 정안 어르신은 남편이 병원에 계신 줄 알고 있다.

오늘 아버지 장례를 치르고 돌아온 아들이 만두를 사 들고 엄마 정안 어르신께 들렀다.

"아빠가 병원에서 오시면…."

어쩌구 저쩌구 이야기를 나누던 정안 어르신이 아들 손에 들린 만두를 보더니 "아이고! 우리 아들이 최고다!" 하신다. 나는 평생을 함께했던 남편의 죽음을 애도하지 못하고 맛있게 만두를 드시는 어르신을 가만히 바라보았다.

이 아득한 기다림의 끝은 어디일까.

인생 참 아득하다 생각이 드는 날이다.

대형 프로젝트

이거
우리 어르신들이랑
할 수 있을까.
모란꽃 다발이라니
생각만 해도
설레지 않은가.

며칠 걸려서라도
해 볼까 한다.
도전하는 삶은
아름답다고 하지 않던가.

나,
수업하다
토할지도 모른다.

낯선 요양원에서 친구가 되어 밥도 먹여 드렸던 순정 어르신이 어젯밤 길을 떠나셨다. 천국 갈 때 내 손 잡고 가겠다던 순정 어르신이 그렇게 혼자 떠나셨다. 그간 너무너무 힘들어하셨기에 슬프다기보다는 오히려 안심이 되는 이별 중 하나다.

그나마 다행인 것은 어제 낮에 나와 함께 〈나의 갈 길 다가도록〉, 〈내 영혼이 그윽히 깊은 데서〉를 부를 수 있었다는 것이다. 어르신은 참 좋은 노래라며 찬송가를 웅얼웅얼 따라 부르셨다.

평소에는 아들 이름을 대며 "아드님 오라고 할까요?" 하면 "머더러" 하고 구수한 사투리로 대답하곤 하였는데, 어제는 끄덕이며 아들을 불러 달라 하셨다. 그런데 또 산소 포화도가 올라가니 사무실 측에서 아드님에게 안 와도 된다고 전화했다. 그리고 그 밤에 병원으로 가셨는데 그곳에서 아들을 만나고 가셨는지는 알 수가 없다. 마지막 인사는 하고 가셨기를 빈다.

오늘 어르신이 떠난 그 빈 침대 앞에 가만히 서서 인사를 드렸다. 알게 모르게 어르신과 쌓은 잔잔한 추억이 많다.

"내가 왜 요로코롬 되었냐?"며 묵직한 질문을 나에게 많이도 던지셨다.

"자네는 그리 안 해" 하며 나를 믿어 주신 순정 어르신.

그동안 어르신과 나눈 우정과 친교 속에 사랑, 그래 사랑! 그게 있었다.

인간의 노력과는 별개의 어떤 것이 있었다.
주고받은 위로가 있었고 따뜻함이 있었다.

나는 또 그렇게 깊게 걷는 중이다.

해 내었다

우리 어르신들

기어코
해내고 말았던
것이었던, 것이다.

함께 모여 앉아 있음이 귀하고 귀하도다.
봄 하늘이 이리도 포근하므로
부디 천천히 좀 늙으시오.
할배 할매들이여.

석가탄신일을 맞아 어르신들과 연등 만들기를 하였다.
명진 어르신께서 "우상을 만든다." 하시며 뒤에 앉아 계속 수업을 방해하셨다.
갑자기 좋은 생각이 나서 종이 초 두 개를 명진 어르신 책상에 붙여 드렸더니 어르신이 갑자기 흐느끼기 시작하였다. 회칠한 무덤 같은 마음의 담이 무너지는 느낌이었다. 몇 초 후 다시 궤변을 늘어놓을지언정 이 순간만큼은 아주 감동 감화의 순간이 아닐 수 없기에 이렇게 남기는 바이다.

그러니 누군가 이유 없이 심술을 부릴 때는 '맘껏 울고 싶어' 그러는 것이다.

저 가운데 자리가
내 자리
저 자리가 좋은 이유는
그냥 가만 가만히 있어도 되기 때문이다.
다들 가만히 있으므로
가만히 있는 것이
하나 이상할 것 없는 자리가
바로 저 자리이다.

왜 니가 안가고

오늘은 어르신들 인지 검사를 실시하였다.
문제 중
"민수가 자전거를 타고 11시에 공원에 가서 야구를 했다."
라는 문장을 암기할 수 있는지
테스트하는 문항이 있는데
그 문장을 들으신 희서 어르신,
"왜 니가 안가고 민수가 갔냐?
넌 어떻게 하냐. 넌 혼자 어떡하냐."
하며 혀를 끌끌 차는 바람에
진짜 나만 혼자 남은 것 같아
왠지 마음이 슬퍼졌다.
응?

인지 검사 중

문: 지금은 몇 년도인가요?
답: 1994, 2001, 1990 등등

문: 여기는 어디인가요?
답: 신사동, 청량리, 송추, 노는 데 등등

문: 야채와 과일을 아는 대로 대시오.
답: 참외, 오이, 사탕 등등

이런들 어떠하리
저런들 어떠하리

봄 여름 가을 겨울
변치 않는 태양이면
그뿐인 것을

요양원 창밖 풍경
가끔 본다.

불난 것은 비밀로

오늘은
재난 상황 대응에 관한 교육이 있었다.
요양원에서는 다른 곳과 달리
불이 났을 때 절대
"불이야!"
크게 소리치면 안 된다.
어르신들께 불이 났다고 알려서도 안 된다.
다만, 조용하고 차분하게 대응해야 한다.
"불이야!"
소리에 어르신들이
놀라거나 불안해할까 봐서이다.

내 속에 천불이 날 때가 있더라도
"불이야!"
하고 막 소리치기보다는
옆 사람들을 놀라지 않게 하고
조용하고 차분하게
안전을 위해
나에게서 좀 떨어져 있으라는
신호를 주는 것도 좋겠다.

내일 요양원 어버이날 행사를 한다.

무서운 코로나 태풍이 한차례 지나고 살아남은 자들이 누리는 잔치이다. 어르신들 선물 드리려고 각종 과자를 사서 예쁘게 포장해 두었다.

지난 몇 달간 아프고, 무섭고, 우울하고, 모이지도 못해 방에 갇혀 응원 받지 못한 어르신들께 이번 어버이날 잔치는 그만큼 중요했다.

사람이 싫다, 짜증 난다 하면서도 사람을 통해 얻는 위로가 얼마나 큰 것인지 알아 가고 있다. 또 사람을 통해 받는 위로가 신의 위로임을 인정하는 삶도 가치 있고 힘 있는 삶이라는 걸 알겠다.

모든 요양원은 어버이날에 전 직원이 모여 어르신들께 큰절을 한다. 누가 만든 문화인지 몰라도 그 덕에 투덜거리던 삶들도 그 순간만큼은 경건해진다.

내일은 사람을 통해 내리는 신의 위로를 단 한 분이라도 느끼는 그런 날이 되기를 바라며, 우리 어르신들 많이 안아 드려야지.

어버이날엔
모든 어르신들께
한마디라도
손편지를 써드린다.

백만 년 만에 열린 어버이날 행사 덕에 다른 층 이웃들의 생사를 확인하시는 어르신들. 매달 한 번씩 생신 잔치를 열 땐 이러지 않았는데, 어르신들께서 적극적으로 손뼉도 치고 안도와 감사의 눈물까지 흘리는 바람에 깜짝 놀랐다. 모두들 극한 죽음의 공포를 넘어 열린 잔치라는 것을 알고 계신 듯했다. 춤추고, 노래하고, 웃고, 먹고, 까까 선물도 나눠 드리고 잘 치뤘다.

이런 잔치에서는 과감하게 마이크 잡고 노래하시는 어르신들은 끝까지 신이 나고, "나는 그저 앉아서 들을래" 하시는 어르신들 역시 잔잔히 신명을 탄다.
그런데 마이크 잡고 주인공으로 나서고는 싶으면서도 몇 번 빼는 척하다 더 청하지 않아 결국 노래를 못하게 된 어르신들은, 잔치가 끝난 후 다른 이유를 만들어 꼭 화를 낸다.
오늘 잔치 끝에 욕쟁이 진분 어르신과 숙진 어르신의 난동을 몇 시간 견디어야 했다. 노래하고 싶을 땐 빼지 말고 마이크 잡고 노래를 하자.

아 참, 자식들의 날은 없는가.

거짓말

요즘 요양원에서
최고로 많이 듣고 있는 거짓말.

⋮

"코로나 다 풀리면 자주 올게요."

5

하늘이 좋아서

슬픈 인연 부부의 아들이 면회를 왔다.
처음에 아빠와 엄마 모두 함께 면회하겠다고 하다
이내 생각을 바꾸어 엄마를 먼저 보겠다고 했다.

아들은 엄마에게 묻는다.
"엄마, 사실 아빠가 엄마랑 같은 층에 계시는데 오늘 만나실래요?"
고개를 절레절레 흔드는 엄마와의 면회를 끝내고
아들은 아빠를 모셔 달라고 하였다.

아버지는 아들에게 묻는다.
"니 엄마는 죽었냐?"
아들이 대답한다.
"실은 …, 엄마는 아빠와 같은 층에 계시는데 보고 싶어하지 않아."
"왜 그러냐, 내가 때릴까 봐 그러느냐?"
묻는 그에게 아들은 굵고 깊은 톤으로 단칼에 답한다.
"응."

방으로 올라가는 승강기 안에서 흘리는 남편의 눈물, 아직 아내의 마음을 열기에 턱없이 턱없이 모자란다.
택도 없다.

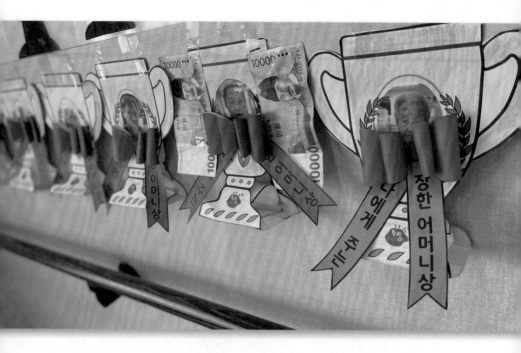

셀프 장한 어머니상

아무도 안 주는데 그 까잇거 스스로 줍시다.

오늘은 셀프 '장한 어머니 상'을 만들었다.
욕쟁이 진분 어르신은 자신의 상에 돈까지 끼워 놓았다.

"저 돈 없어지면 전 줄 아세요."
한마디 드리고 수업을 마치었다.

수국수국 봄 속삭임

<u>소꿉장난</u>

너무 재밌을 것 같다.

어르신들께서 다른 요양원에 계시다 오는 경우는 조금 나은데, 집에 계시다 잡혀(?)온 어르신들의 첫 몇 달은 정말 눈물겹다.

어린이집에 가는 아가의 첫날 아침 같은 울음과 발악이 몇 달이나 이어진다고 상상해 보라. 살던 집에서 강제로 붙잡혀 나와 죽을 때까지 있어야 하는 어린이집이라니.

며칠 전 오신 일순 어르신은 아무에게나 욕을 하고 막 때리는데, 답답한 것은 어르신의 얼굴에 표정이 없어 일 초만에 바뀌는 감정을 도무지 읽어낼 수 없다는 것이다. 그러니 언제 욕바가지와 주먹이 나를 향할지 도무지 예상할 수가 없다. 아, 결국 맞긴 맞을 건데 언제 맞을지 모르는 공포라니…. 이렇게 폭력적인 어르신인 경우 요양원에서는 감당이 안 돼 정신과 약을 쓰는 경우가 있는데, 이 어르신은 도무지 약도 들지 않는다고 한다. 아마 조만간에 약을 바꾸고 그 양을 점점 늘려 하루종일 잠만 자고 늘 몽롱한 정신에 풀린 동공을 우리에게 보여 줄 것이다.

오늘 아침 나는 체조 끝나고 어르신 방에 가 쪼그리고 앉아 누워 있는 어르신 얼굴을 가만히 보고 있었다. 오늘은 왠지 맞지는 않을 것 같았다. 어르신도 나를 빤히 쳐다보길래

"어르신, 집에 가고 싶으세요?"

하니 어르신이 요양원이 떠나가라 소리치며

"지금 당장 가고 잡다!"

하신다. 나는 당황하지 않고

"뭐 드시고 싶은 건 없으세요?"

하니

"세상 것이 다 먹고 잡다!"

하시며 더 큰 소리를 지르신다. 그러면서

"개중에도 식혜가 먹고 잡다. 사실 내가 식혜를 잘 한다. 정말 맛있게 한다. 어묵도 먹고 잡다. 사실 내가 치매가 아닌데 잡것(딸)들이 이 더러운 곳에 나를 잡아다 놨다!"

하며 소리치셨다.

"치매가 아닌데 잡혀 오셨으니 얼마나 억울하셔요. 밥 잘 드시고 며칠만 있다 집에 갑시다. 몸이 다 나으면 고향 고흥으로 모셔다 드릴게요."

하니 어르신은

"아이고! 119에서 오셨구먼 아이고!"

하며 단전에서 올라오는 울음을 토해 내었다.

그렇게 난 어르신과 둘이 붙잡고 엉엉 울다가 119가 되었다. 내가 119라는 것을 까먹지 않게 하기 위해 오늘은 그 방을 계속 들락거렸다.

아까는 다시 갔더니 어르신께서 옆으로 누워 요플레를 드시다가 숟가락을 내 입으로 내밀며 "119도 잡숴" 하신다.

잔정이 느껴진다.

내가 밥을 조금 급하게 준다 싶을 때는 손을 저으며,
"거 있어, 거 있어."(숟가락 움직이지 말고 거기 있으라고)

물 드셔야 하는데 안 드시려 하길래 내가 물통을 잡고 드리니
"그 손 들어내."(물통 치우라는 의미)

식탁에서 무언가 바닥에 떨어지니
"쩌게 쭉 내려가네."

식사하다 갑자기 내 얼굴을 보더니
"낯바닥을 다 묶었네."(마스크 썼다는 얘기)

철원 어르신은 언어의 연금술사이다.

　오늘 오후엔 가족 면회가 거의 없는 만후 어르신과 남들이야 면회를 하건 말건 〈하숙생〉을 따라 부르며 흘러가는 구름을 보았다. 만후 어르신의 아들은 작년에 세상을 떴는데 어르신 아내분이 아직 말을 하지 않아 어르신은 그 사실을 모르고 계신다. 면회하던 사람들을 보면서 어르신께서 이 노래가 듣고 싶다고 했다.

인생은 나그네 길
어디서 왔다가
어디로 가는가
구름이 흘러가듯
떠돌다 가는 길에
정일랑 두지 말자
미련일랑 두지 말자
인생은 나그네 길
정처 없이 흘러서 간다.

　'우리 아들이 왜 이렇게 오랫동안 모습을 보이지 않을까?'
　곱씹고 곱씹다 떠올린 노래가 아니었을까.

오늘은 어르신들과 5·18 민주화 운동에 대한 이야기를 하였다.
당시 광주에 사셨던 순혜 어르신이
"사람이 월매나 죽었는지 시상 말도 못 헌다" 하셨고
제주 할매 옥혜 어르신은 일어서서
"5·18도 5·18이지만 내 친정 아버지가 4·3 때 불태워졌다" 말씀하셨다.
오천만 번쯤 들은 이야기지만 들을 때마다 나는 옥혜 어르신을 꼭 안아
드린다.

프로그램이 끝난 후,
어르신들에게 민중가요 〈오월의 노래〉를 들려드렸다.
어르신들 눈빛이 대학 신입생들이 처음 간 모꼬지에서
광주 이야기를 처음 들었을 때 그 눈빛이었다.
그리고 나서 〈임을 위한 행진곡〉을
주먹을 하늘로 들어 올리며 듣고
〈그날이 오면〉도 함께 들었다.

무언가 깊고 진중한 어르신들의
역사 속 아픔을 추모하는 마음 가득한 시간이었다.

실로 깨어 있는 요양원이라 할 수 있겠다.

내가 정말 애정하는 두 분의 소개팅을 주선해 드렸다.
철원 어르신은 서언 어르신께
"몇 살이나 자셨는데 이빨이 다 망가졌냐. 왜 얼굴이
거뭉거뭉하냐?"고 물었고, 서언 어르신은 계속
"어서 일어나소. 어서 일어나소"(집에 가야 하니 비
키라는 뜻) 하였다.

서언 어르신의 말은 쑥스러운 마음에 괜스레
나오는 말이다. 서언 어르신은 부끄러움을 잘
탄다. 사는 층이 다른 두 분이 이렇게 가까
이 하기는 오늘이 처음인데, 서로가 마음
에 드시는지 꽤 오랜 시간을 이렇게 계
셨다.

어르신들은 더 이상 친구를 만들
수 없을 거라는 생각은 착각이다.

이렇게 고운
봄 하늘 아래
웃으며 몇 마디 나누면
친구가 될 수 있는 것을.

쑥떡쑥떡

요양사 언니들이
야간 근무 때
몇 시간을 일찍 출근해
옆 산에서 쑥을 캐더니만
오늘 전 직원에게
쑥떡을 돌리고 있다.
아주 쑥떡쑥떡하니
인간 맛이 나는 일터라 할 수 있겠다.

얼마나 끓였게요

오늘의 점심은
청국장

하늘이 좋아서

스텝! 스텝! 고고!
돌리고 돌리고

둥! 둥! 둥!
북치기 박치기

재회

며칠 전 저녁, 명진 어르신이

"아내에게 사죄해야 한다."

하시며 아내 방에 데려다달라고 엄청 떼를 쓰시더란다. 요양사 선생님들
이 어르신을 아내의 방으로 모시고 갔더니 엉엉 울면서 잘못했다고 사죄
하더란다. 물론 택도 없는 일이겠지만. 그러고 나서도 명진 어르신은

"아내가 맞을 짓을 했다."

헛소리를 한다. 그날 이후 며칠이 지날 때까지 아내는 그를 모른 척했다.
그런데 오늘 햇볕 산책 중 그의 아내가 나에게 어눌하게 말을 걸었다.

"내 남편 어딨어요? 거기 데려다 주세요."

그렇게 태양 아래 둘은 정면으로 마주 앉았다.

농사 짓기 좋은 날

날이 좋아
로메인을 심었다.
로메인을 다 심더니
삼단으로 접어
품에 넣으셨다.

"내 밭이다."

장미의 계절

그래
이제 장미의 계절이야.

느끼는 게
사랑밖에 없을 계절이지.

국이 더와

언어의 연금술사 철원 어르신
식사 때 국을 한 숟갈 먹여 드렸더니
"국이 더와."
하셨다.

국이 덥다는 것은
국이 너무 뜨거워
입술이 델 것 같다는 말씀이다.

나는 이내
추운 반찬으로
더운 기운을 상쇄시켜 드리었다.

느그 어매

오늘 아침 서언 어르신께서
"어따~, 느그 어매 참 좋게 생겼드라아~~."
하시었다.

환대받는 기분이었다.

와!
오늘 정말 보기 드문 광경을 보았다.
요양 상담차 오신 할아버지 어르신과 그 아들을 보았는데
둘이 꼭 잡은 손에서 꿀이 뚝뚝 떨어지고 있었다.
처음 봤다.
오만 가지 감정들을 그냥 녹여 내는 맞잡음이었다.

오늘은 이것으로 되었다.

식혀야 돼

철원 어르신께서 슬리퍼를 자꾸 벗으시길래
신겨 드리려 했더니
"발을 식히는 중이여."
하셨다.

그래, 이런 계절엔 발을 자주자주 식혀 줘야지.

욕쟁이 진분 어르신이 몸이 계속 안 좋아 마침내 병원에 입원하였다.
대장암이 발견된 것이다. 퇴근길에 입원 중인 어르신께 전화를 드렸다.
다행히 수술이 가능해 다음 주에 수술을 받게 되었다고 한다.

"일단 요양원이 너무 조용해서 안 되겠으니 어서 치료받고 오세요."
"이제 머리도 이상하고 요양원 이름도 생각 안 나고, 바보 엉망진창이야."
"괜찮아요. 어떻게 되었든 살아서만 돌아오세요."
"고맙다. 고맙다."

어르신은 어리광 가득한 목소리로
"선생은 숙제나 많이 해 놓으라."
하셨다. 꽃 색칠 공부 프린트를 많이 해 놓
으라는 말이다. 우리는 그렇게 한참을
웃었다. 어르신은 울면서 웃는 것 같았
다. 이 고비를 무사히 넘기고 돌아오셔
서 조금만 더, 조금만 더 세상 다채로
운 욕들을 나에게 들려주세요.

요양원 문 앞에 핀 이 아이들이 있어 살짝 설
렜다. 나고 죽고, 죽고 나는 모든 순환이 거룩하다.

오늘은 어르신들과 연꽃 만들기를 하였다.
나는 어르신들이 꽃 이름을 기억에서 꺼내시도록
객관식으로 문제를 내었다.

"이 꽃 이름이 무엇일까요? 1번 장미."
하며 보기를 부르는데 수영 어르신께서
"장미!" 하고 대답하신다.
나는 못 들은 척 보기를 계속 제시했다.
"2번 무궁화."
수영 어르신이 또 대답하신다.
"무궁화!"
나는 아랑곳 없이 계속 문제를 내었다.
"3번 연꽃."
수영 어르신이 너무너무 반가워하며
세상 큰 소리로
"연꽃! 연꽃!" 대답하신다.

정말 이해가 가지 않는가.
단어가 생각 안 나 가물가물할 때
우리도 이런 삼 단계 정도는 경험하잖아.

뭐 한 게 있다고

이틀 휴무를 앞두고 퇴근하면서 철원 어르신께
"철원 언니(언제부터인가 어르신이란 단어를 싫어해 언니라
불러 드린다), 저 이틀 못 와요. 이틀 쉬고 올게요."
했더니 철원 언니가
"니가 뭐 한 게 있다고 친정을 이틀이나 가냐!"
주먹을 들어 올리며 소리치셨다.

딸이었다 동생이었다 조카였다 오늘은 며느리가 되었다.
이래서 사회복지사는 알게 모르게 바쁜 존재인 것이다.

고요의 끝

욕쟁이 진분 어르신께서
드디어 힘든 암 수술을 끝내고
요양원으로 돌아오시게 되었다.

고요는 끝났다고 본다.

오늘은 어르신들과 콩국수를 해 먹었다.
모두들 재밌어 하셔서 다행이었다.
손이 말을 안 듣고 어깨가 아프다 하시면서도
꼼꼼히 끝까지 완성하는 모습이 너무들 사랑스럽다.
오늘 또 이렇게 좋았네.
철종 어르신께서 계속 소리친 것까지도 재미있었다.

"진짜를 가져와! 진짜를 가져오라고!"

이승에서의 등짝 스매싱

두둥. 욕쟁이 진분 어르신께서 드디어 요양원으로 돌아오셨다. 나는 수줍은 모양새로 요양원 문 앞에서 어르신을 기다리고 있었다. 어르신은 차에서 내리기도 전에 "윤선새애애앵"하고 소리치셨다. 온 산을 울리는 호랑이 소리를 들으며 나는 생각했다.

'백 살은 거뜬히 넘기시겠군'

어르신이 1층으로 들어서자 기다리고 계시던 동지 어르신들이 환대하였다. 동지들의 얼굴을 본 진분 어르신은 엉엉 울음을 터뜨리다 흑흑 흐느끼셨다. 집에 와서 너무 좋다며, 나는 집에 있어야 한다며 다들 너무 보고 싶었다고.

요양원으로 다시 돌아갈 수 있을지, 혼자 병원에서 얼마나 가슴을 졸였을까. 코로나 때문에 가족 간병도 안 되는 낯선 곳에서 얼마나 무서웠을까, 상상도 못 하겠다. 울고 있는 진분 어르신을 가만히 안아 드렸다. 어르신이 나를 안으며 또 울었다. 이제 어느 정도 울었다 싶은 생각에 나는 어르신 귀에 대고 가만히 속삭였다.

"어르신, 그런데요 …. 죄송한데 사실 여기는 이승이 아니예요. 한번 잘 둘러보세요. 여기가 어디일까요?"

어르신 동공이 몇 초간 흔들리더니 결국 내 등짝에 스매싱이 날아왔다. '백 살이 아니다 이건, 백 이십 살은 거뜬히 넘기시겠다.'

요양원은 전과 같이 시끄러워졌고, 다음 주면 백합도 다 필 것 같다.

복도에서 마주친 우리 요양원 평화주의자 정실 어르신.

그 힘든 걸음으로 나를 방으로 끌고 가더니 통조림을 건네주었다. 어르신은 신이 이곳 요양원으로 발령 낸 위로의 천사가 틀림없다. 보고만 있어도 위로가 되는 힐러.

어제 다녀간 딸이 주고 간 것인데, 그동안 사진 찍어 딸한테 보내 주고 소식도 전해 주어 고마운 마음에 챙겨 놓은 거라고 하셨다. 보호자들 밴드에 요양원 소식을 올려 드린 걸 말씀하시는 것이다.

가벼운 책임감으로 한 일들이 누군가에겐 무척이나 고마운 일이 되기도 하는데, 그것이야말로 신의 은총 아니고 무엇이겠는가!

'샘표 백도'가 내 가슴을 이렇게 채워 줄 줄은 미처 몰랐네.

올 백

지구 종말 같은 날씨다.
무거운 하늘 아래에서
성씨가 같아 내가 '큰아빠'라 부르는
기현 어르신과 이야기를 나누었다.
면회객들을 바라보면서 우울해 보이는 그에게
나는 나만의 방식으로 말을 건다.

"자식 새끼 키워 봤자 다 소용없죠?"
끄덕끄덕.
"애써 키워 봤자 그죠?"
끄덕끄덕.
"뼈 빠지게 키워 놨더니 여기 데려다 놨죠?"
끄덕끄덕.
"버림받은 거 같죠?"
그덕끄덕.
"우리 어디 가서 소주나 한잔할까요?"
끄덕끄덕(눈물과 웃음을 동시에).

올 백이다.
싹 다 맞았다.

기다림

어르신들이
기다리신다.

괜찮으니
천천히 피어나렴.

과일 빙수

오늘은 날이 너무 더우니
얼음을 갈아 빙수를 만들어야 해.

비닐 봉다리를 막 구겨 붙여
얼음을 만들고

종이 과일들을 이쁘게 올려
과일 빙수를 만들 거야.

이것을
만이천 원에 팔 거야.

와!
계획들이 다 있으십니다 그려.

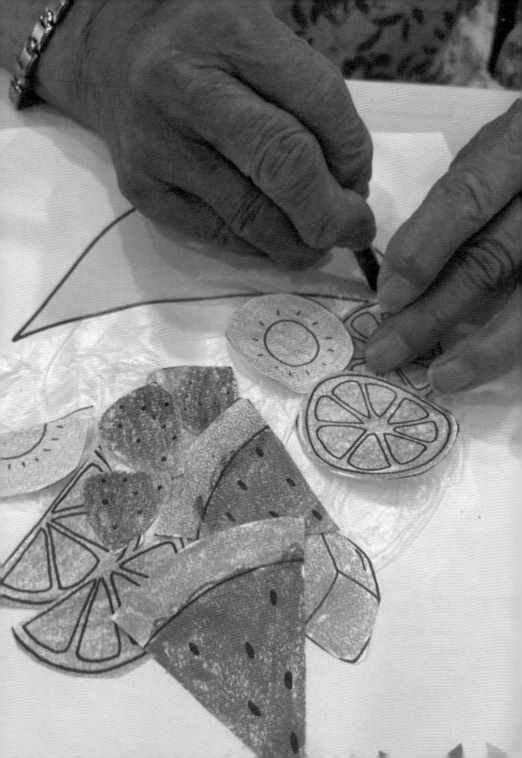

이기는 편 우리 편

날이 습하니 불쾌지수가 높다.
어르신들도 짜증이 많아지고
축축 늘어지고 또 엄청 싸우신다.

오늘은 마주 보는 침상을 쓰는
옥진 어르신과 점순 어르신이
요양원이 떠나가도록 완전 싸우는데
그게 말린다고 말려지나.
나는 누가 이기는지 보고 싶어서
"이겨라! 이겨라! 이기는 편, 우리 편!!!"
외치며 짝짝짝 짝짝짝 삼삼칠 박수를 쳐대었다.

두 어르신이 동시에
나에게 욕을 한 바가지씩 퍼부으시더니
마침내 진정한 화해와 평화의 나라가 도래하였다.

내 한 몸 희생하여 미움으로 갈라진
그들을 한편으로 엮으사 평화를 이루었으니
실로 하늘이 내린 복지사라
아니할 수 없노라.

욕 안 나오는 마라카스

지난번에
쌀, 콩, 이런 걸 넣고
흔드시라 했더니
시끄럽다고 여기저기서
쌍욕 잔치가 벌어졌다.

하여 이번엔
잔잔한 소리가 나는
빨대 조각으로 도전하는 바이다.
제바알 손 운동이라도 하시라고
잡고 신나게 흔들게 할 작정이다.

돌아온 입맛

애증의 욕쟁이 진분 어르신께서
암 수술 이후 영 입맛을 못 찾으셔서
계속 신경이 쓰였지만
막상 또 뭘 할 수 있겠냐 싶었는데,
오늘 맘먹고 고양동까지 넘어가
소고기 버섯죽을 사다 드렸더니
엄청 맛있게 드시고 입맛을 되찾으셨다.

오늘은 욕도 안 하시고
추앙하는 눈빛으로 나를 보시길래
"거 참 복지사 하나 잘 만났네."
하며 궁디팡팡 해 드렸다.

형제 사랑

입소한 지 얼마 안 된 일순 어르신께서 울면서
"형제가 보고 싶다. 형제가 보고 싶다."
하시길래 형제끼리 참말로 우애가 깊었나 보다 했지.
알고 보니 아들내미 이름이 '형재'.

오이 소박이

출근하자마자
컴퓨터 앞에서
오이 소박이 담그는 사람.

그게 바로 접니다.

천국에서의 근무

신영복님의 《감옥으로부터의 사색》에서 이야기했던 여름 옥살이의 힘겨
움이 생각난다. 옆 사람의 열기 때문에 힘든 옥살이와는 다르지만 요양
원의 여름도 그야말로 지옥이다. 요양원 어르신들 방은 아무리 더운 여름
이라 해도 에어컨을 켜서는 안 된다. 폐렴의 위험 때문이다.

습기가 지나쳐 참기 힘들 때 요양사 선생님들이 잠깐씩 제습으로 돌리곤
했는데, 일을 하다 보면 끄는 것을 깜박하는 경우가 있다. 얼마 전에도 어
르신들 목욕 시간에 에어컨을 제습으로 좀 오래 틀어 놓았는지 어르신들
입술이 파래졌다 하고, 그중 한 분이 폐렴 증상으로 병원에 입원하셨다.

요양사 선생님 대부분은 안 그래도 열 많은 갱년기 여성인데다가 온종
일 움직이고, 어르신들 목욕시키고 나면 땀범벅이 되어 너무 힘들어한다.
나는 그나마 사무실에 오래 있고 프로그램을 진행할 때나 방방마다 놀러
다니며 2, 3층 온도를 체험하는데, 거짓말 조금 보태 숨이 안 쉬어질 정도
다. 그런데 이런 온도에도 아직 패딩 조끼를 입거나 이불을 덮고 계신 어
르신들도 많다.

생각해 보니 덥다고 느끼는 것도, 뻘뻘 땀을 흘리는 것도 젊음과 생기가
남아 있다는 증거 아닌가. 열정이 있어 그러는 것이니 덥다 덥다 하며 쳐
져 있거나 심통을 부릴 게 아니라 이런 날 덥다는 말조차 나오지 않는 현
장에서 일하시는 분들을 생각하며 일해야겠다. 엊그제는 그 뜨거운 태양
아래 아스팔트를 깔고 있는 노동자들을 보았다.

요양사 선생님들은 내가 있는 1층 사무실이 천국이라고 한다. 그러니 천

국에서 근무하는 나는 지옥에서 근무하는 그들에게 겸손해야 한다. 말 한마디라도 시원하게 해 드리고(요양사 언니들은 시원하게 쏟아 놓는 나의 욕을 좋아한다. 자주 들려드려야지).

아침에 출근하니 하얀 백합이 그 눈부신 얼굴을 환하게 드러낸다.

보람되다

못한다, 못한다 하시며
절대 색연필을 잡지 않으려 하셨던 어르신.
진정한 진일보.
이 맛에 산다.

옥수수 농사

와!
올해 옥수수 농사 완전 잘되었다.
저 굵은 옥수수 알 좀 봐!

통과 연습

 암 수술 이후 아직도 아파하는 진분 어르신의 치매가 하루하루 더 심해지는 것 같다. 오늘은 나에게 요양사들이 따뜻한 우유를 가져다 주겠다 해 놓고는 얼음을 갖다 주었다며 "개가 파먹을 년들"이라고 욕을 퍼부어 댔다. 나는 별 대꾸를 하지 않고 "세상에 그런 무서운 욕은 첨 듣는다" 하고 뒤돌아서 그냥 그 방을 나왔다.

 요양사 선생님들께 확인하니 우유와 찐빵을 따뜻이 데워 드렸다고 한다. 따뜻한 찐빵이 얼음이 되어 개가 인간을 파먹게 되기까지 옴마야, 그게 다 세치 혀로 이루어진 일이다. 그래서 가족 간 전쟁이 나는 거지.

 게다가 요양사 선생님들이 일러 주기를 지난번 내가 사다 드린 죽으로 수술 후 처음으로 제대로 된 식사를 해 놓고는 "세상에 복지사가 죽을 사 왔는데 그거 먹고 체해서 죽을 뻔했다"고 말했단다.

 그 말을 들으면서도 왜 나는 화가 나지 않을까.

 나는 이미 그녀의 치매가 심하게 진행되고 있다는 사실을 알기 때문이다. 그녀가 힘없는 약자이며 환자임을 이미 알고 있기 때문이다. 치매 어르신들의 온갖 말을 담아 두지 않고 그냥 통과시키듯 그런 연습이 나에게 필요했던 것이다.

 진실이 아닌 말을 대할 때
 연극 대사 같은 말들을 대할 때
 그 말에 담긴 어둠의 에너지를 내 몸에 담지 않고

그냥 흘려보내 주는 능력
그것도 일종의 사랑이라는 것을
오늘 욕쟁이 어르신이 가르쳐 주었다.
그래도 갑자기 착해지면 어색하니까
며칠은 삐친 척해야지.

물 잠궈

며칠 째
비가 내린다.
철원 어르신과 비 구경 삼아
휠체어를 요양원 입구로 밀고 나와
빗소리를 들었다.

내리는 비를
지그시 보고 계시던 철원 어르신께서
"물 잠그라."
하셨다.

다 빠진 사람들

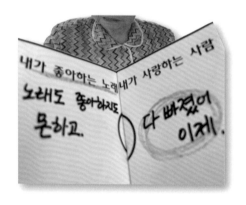

내가 사랑하는 사람
-다 빠졌어 이제.

더 이상 이 세상에
살아 있지 않다는 이야기일까?

내가 하고 싶은 것

기도하는 것

한잔하세

오늘따라 백현 어르신께서
"술 한잔해야 한다"며
술집에 가자고 계속 조르는 바람에
더워 죽겠는데 1층 테라스로 모시고 내려와
마침 그곳에 앉아 계시던
대영 어르신께 윙크를 날리며
"어르신, 아직 술집 문 안 열었나요?" 하니

스마트한 우리 대영 어르신께서
딱! 알아채고는
"사장이 잠깐 어디 갔다"고 하여
위기를 모면하고
좀 놀다가 백현 어르신을 모셔다 드렸는데

어르신이 계속 얘기하던
막걸리, 소주가 눈앞에 아른거리면서
집에 가고 싶은 오후라는 소식입니다.

나는 담담해

철원 어르신
저녁밥 먹여 드리는데
차마 말로 할 수 없이
산만하고 정신이 흩어지시어

도대체
밥을 드실 건지 안 드실 건지
의사를 전혀 모르겠는 바

밥 드리는 자 생각에
혹시 잔치 때 간식을 드셔서
밥맛이 없으신가 싶어
"어르신, 식사를 하실 거예요? 안 하실 거예요?"
여쭈오니

어르신 가로되
"나는 담담해."
하더이다.

철원 어르신 밥 먹여 드리는데
어르신께서 갑자기 국그릇을 들고 반찬을 향해
"나, 이거 여기 다 부슬란다."
하셨다. 나는
"왜요? 왜 국을 반찬 위에 부서요?"
하니, 어르신이 나를 빤히 쳐다보신다.
그 사이 자신이 말한 것을 까먹은 것이다.
까먹는 시간이 너무너무 빨라진다.

속이 상한다.

다시 시작

코로나 검사 '콧구멍 쑤시기'가
다시 시작되었다.
일단은 일주일에 한 번이다.
코로나 직격탄을 맞아 본
요양원 사람들이
벌벌 떨고 있다.

아직은 아가인 선이 때문에

요양원에 신입 선종 어르신이 오셨다.
아비를 요양원에 모시지 못할까 봐 노심초사하는 딸내미에게 이끌려.
요양원 안 들어가겠다고 차에서 안 내리고 버틸까 봐
모든 직원이 긴장했는데 의외로 순순히 들어오셨다.
희미하게 뜬 눈동자에 시커멓고 험악한 얼굴을 하고.
(사실 쳐다보기가 너무너무 무서운 얼굴이었다.)
딸내미는 여기서 약을 쓰건 묶어 놓건 어찌하건
무엇이건 알아서 해도 되니 퇴소만 시키지 말아 달라며
전 직원에게 아이스크림을 쏘고
빌다시피 청하고는 집으로 돌아갔다.

혈관성 치매를 앓고 있는 어르신은 머물던 요양원에서 창문으로 탈출
하겠다고 난동을 피워 더 이상 보호가 어려워진 상황에서 우리 요양원을
소개받아 온 것이다. 어르신은 지난주 내내 요양사 선생님들께 욕하고 소
리치며 집에 가겠다고 난동을 피우는 바람에 안정제를 복용해야 했다.
오늘은 3층에 올라가 기독교 궤변론자 명진 어르신과 함께 찬송가 〈내
주의 보혈은〉을 부르며 또 어르신을 울리고 있는데, 새로 오신 선종 어르
신께서 우리 쪽으로 바짝 다가앉았다. 그러더니 같이 찬송을 웅얼거리다
어깨를 흔들길래 설마하였는데, 선종 어르신이 흐느끼기 시작한 것이다.
막 흐느껴 우는데 정작 눈물이 나오지 않는 마른 울음이라 내겐 마치 조

폭이 쪼그려 앉아 뜨개질하는 그런 느낌으로 다가왔다.

 이야기를 나눌 수 있겠다 싶어
"어르신 많이 힘드시죠? 여기 처음 오시면 다 그래요."
 주섬주섬 이야기를 하면서 그에게
"누가 제일 보고 싶어요?" 물었다.
 질문이 채 끝나기도 전에 어르신이 끅끅 울면서 말을 시작했다.
"집에 강아지를 두고 왔는데, 작년에 새끼를 데리고 왔는데, 이름은 선
이고, … 꺼이꺼이 … 집에 닭도 네 마리 있는데 누가 밥을 주는지도 모르
겠고 … 꺼이꺼이 … 애들이 죽었을지도 모르고, 어떻게 된 건지도 모르
고 … 꺼이꺼이 …."
"아이고, 선이는 아직 아가네요."
 했더니 글쎄, 어르신이 온 세상이 다 무너지도록 흐느끼기 시작한다.

 욕만 쏟아져 나오던 입과 그 험악한 얼굴로 집에 두고 온 강아지 걱정에
그리 불안해한다는 사실을 짐작할 사람은 아무도 없을 것이다.
 가족으로부터도, 살고 있던 곳에서도, 멀리 떨어져 버린 그 어린 강아지
와 자신이 다르지 않음을 느끼는 어르신의 마른 울음.

 강아지 인형이라도 하나 사 드려야 하나.

딱밤이 웃낌미꽈

오늘은 선종 어르신과 이야기를 해야 되겠다 싶었다. 괜히 마음이 쓰였고, 아침마다 집에 가겠다며 짐 싸들고 승강기 앞에 서 계시는 모습이 조만간 탈출을 시도하겠다 싶어 3층 문단속을 시키고, 프로그램이 끝난 후 선종 어르신을 만나러 갔다.

일단 사회복지사인 나를 소개하고(엊그제는 찬송 부르다 우는 바람에 내 소개를 못 했다), 내 성씨만이라도 외우게 한 다음, 다음번에 만났을 때 까먹으면 딱밤을 때리겠다면서 손가락으로 어르신 이마에 대고 딱밤 때리는 흉내를 냈는데, 생각지도 못하게 어르신이 그 지점에서 빵 터진 것이다.

'딱밤이 웃낌미꽈. 한 대 맞아 봐야 안 웃겠숨미꽈!'

딱밤 이후 어르신이 웃었고, 이야기 보따리를 풀어내었고, 중간 중간에 진짜로 울었고, 우린 그렇게 조금씩 친해졌다.

나도 마음이 많이 열렸다. 사무실 분들은 쉽게 넘어가지 말라고, 조심해야 한다고 당부했다. 하지만 3차원 세상이란 본디 낭만이 없고 정치적인 곳 아닌가. 이런 근무지에서 가끔은 낭만적으로 사람에게 속아 넘어가기도 하고, 연극도 하며 그렇게 사회적 역할에 몰입해 봐도 괜찮을 듯싶다.

어차피 퇴근과 동시에 다시 안착해지니 나의 삶의 균형은 어느 정도 맞는 것 같다.

칠월 칠석을 맞아
어르신들과 오작교 만들기를 하였다.
어르신들 새가 훨씬 자유롭게 날아오르네.
오작교 만들어 줄 생각은 없어 보이네.

우영우 고래

이 세상 모든 고래들은
제자리로.
바다로 바다로.

매주 일요일마다 엄마를 본다고 가족들과 요양원에 오는 아들이 있다. 그런데 그 아들은 엄마를 보러 와서는 엄마한테 "내 이름이 무엇이냐. 내 첫째 아들 이름은 무엇이냐. 둘째 아들 이름은 아느냐. 그것도 모르냐. 왜 그걸 모르냐. 어떻게 할라고 그러냐. 좀 있으면 나도 몰라보겠네" 이런 말들만 늘어놓다 간다. 다그침의 말투에 찍어 누르듯 강하고 건들건들거리는 태도이다. 그럼에도 매주 꼬박꼬박 오니 증말. 어르신은 아들의 질문을 받을 때마다 머뭇머뭇 쪼그라든다.

면회가 끝나고 방으로 돌아가는 길에 나는 어르신께 그런 거 싹 다 까먹어도 된다고, 손주들 이름 아는 게 뭐가 그리 중요하냐고, 그 손주들이 용돈 한 푼 주는 것도 아니니 까먹어도 된다고, 절대로 주눅 드시지 말라고, 저노무 아들 말 듣지도 말라고 이간질하였다. 속이 후련하였다.

일요일이 보람차다.

다 올라 붙어서 사는 곳

철원 어르신께서 밥을 드시다 갑자기 "여근 어찌나 닦아 대는지 집이 깨끗하다" 하였다. 나는 또 슬슬 장난기가 발동해 어르신께 "여기는 누구의 집입니까?" 하고 질문을 던졌다. 철원 어르신께서는 "여근 다 올라 붙어 살아서 딱 누구의 집이라 할 수도 없다"고 하였다.

내 20억 내놔

오늘 아침,
고참이신 동순 어르신께서 갑자기 선종 어르신께
개새끼 뭔 새끼, 소리소리 지르며 난리가 났다.
"너 이 새끼, 내 20억 내놔" 하는 걸로 봐서 동순 어르신은
선종 어르신을 20억 뜯어간 사기꾼 역할로 정한 것이다.
살면서 20억이 있었을 리도 만무한 동순 어르신은
요양원이 떠나가라 소리를 친다.

자나 깨나 탈출을 꿈꾸며 머리 굴리던 선종 어르신은
졸지에 남의 돈 20억 뜯어 간 사기꾼이 되어
방에서 나오지도 못하고 꼼짝없이 갇혀 있게 되었다.

차라리 조금 잘된 일인가.
안전해지긴 했다.

사무실에 가만히 앉아 생각해 보니
20억 뜯기면 저렇게 소리 지를 만하다 싶어
동순 어르신이 너무 이해가 간다.
응?

코로나로 미뤄 두었던
1, 2, 3, 4, 5, 6, 7월 어르신들 생신 잔치

잔치 후,
직원 전원이 떡실신하였다.

텃밭에 다녀왔어.

곱다[*]

베짜기
평생 하다 보면
이렇게 된다고
합니다.

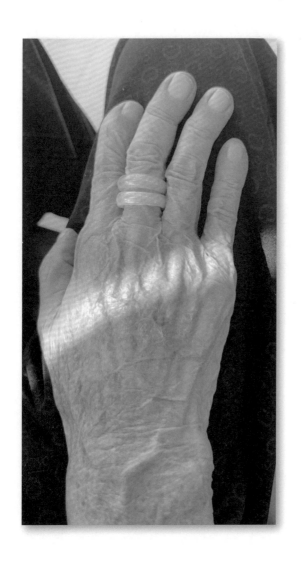

*1. 형용사. 모양, 생김새,
행동거지 따위가 산뜻
하고 아름답다.
2. 곧지 아니하고 한쪽으
로 약간 급하게 휘다.
[표준국어대사전]

"어르신들, 여기 좀 봐 주세요."

아직 요양원에 마음을 못 붙이고 자나 깨나 탈출을 계획하고 계시는 선
종 어르신을 생각하며 오늘은 전체 어르신들께 광고를 하였다.

"어르신들, 이 어르신께서 아직 우리 집에 마음을 못 붙이고 계십니다.
작전을 잘 짜서 탈출에 성공할 수 있도록 박수 좀 쳐 주세요. 한 번에 딱
못 나가고 바로 잡혀 오면 창피하니까요. 혹시 탈출하는 걸 포기하신다면
어르신들께서 더 응원해 주시고 따뜻하게 대해 주세요."
했더니 어르신들이 막 웃으면서 박수를 쳐 주셨다.

광고 이후, 선종 어르신은 오늘 처음으로 프로그램에 참여
하여 해바라기를 만들었다. 이런 거는 처음 해 보는 것
이라 하셨다. 예쁘게 들고 사진 찍자 하니 딱 저 각
도만큼 열어 준다.

좋은 걸 좋다 못 하고
마음 열기에 인색했던 삶을
사색하게 하는 각도가
아닌가 싶다.

같은 입장이니까

같은 입장에 서 있는 위로야말로 깊고도 쫀쫀한 에너지가 담긴 위로가 아닐까 생각한다. 그런 의미에서 오늘은 1950년생 탈출 계획남 선종 어르신께 1925년생 미스 김 아가씨 백현 어르신을 소개시켜 드렸다.

언제나 이름 앞에 '미스 김'이라고 정체성을 밝히는 백현 어르신은 늘 유쾌하다. 흥도 많아 음악을 틀어 드리면 언제나 춤을 추신다.

그런 백현 어르신께서 탈출 계획남 선종 어르신께
"나이도 그렇게 젊은데 무엇이 걱정이냐, 슬픔은 놀아야 잊혀진다."
(믿기 어렵겠지만 나를 가리키며)
"이 아가씨, 사람이 좋다. 친구해라. 젊은이들 꼬셔서 소주도 한잔씩 하고 맛있는 것도 나눠 먹고 놀아라. 그래야 슬픔이 잊혀진다. 마음에 아픔이 있는 것 같은데 놀아야 한다. 놀아라."
라고 말하며 위로해 주었다(물론 엄청 반복하셨다).

그 순간 나는
탈출 계획남 선종 어르신 얼굴을
슬쩍 올려다 보았는데
그는
눈물을
주룩주룩 흘리고 있었다.

지혜 노인

 저녁 식사 시간, 숙진 어르신께서 밥을 안 드시겠다고 고집 피우며 방으로 들어가더니 나오지를 않으셨다.

 원래 죽과 밥을 섞어 드리는데, 오늘 요양사 선생님께서 깜박하고 죽만 드리는 바람에 그만 삐치신 것이다. 식사하시라 여러 번 말씀드려도 안 드신다고 한다. 나는 철원 어르신께

 "밥을 계속 안 먹으면 어떻게 되나요?"

 하고 심오한 질문을 던졌다. 철원 어르신께서는 잠시 생각하시더니 냉정하게 한 말씀 던지셨다.

 "먹게 돼."

선문답

오늘은 비가 너무 많이 내려 철원 어르신께
"비가 너무 많이 오면 어떻게 됩니까?"
질문을 던졌다.

어르신께서는
"울퉁불퉁해지고 이리 치고 저리 치게 된다."
하고 답하셨다.

집 나갈 만한 며느리

오늘은 어르신들과 전어를 구워 보려고
사무실에서 아침부터 전어를 구웠다.
'전어 냄새 맡고 돌아올 며느리라면
애초에 집도 안 나갔을 것이다.'
하는 똑똑한 생각을 하면서 구웠는데.

그나저나 우리 어르신들, 같이 굽자 하면 좋아하시겠지?

지구를 지켜라

이제 겨우 60세인, 얼굴도 자알 생기신 어르신이 입소하셨다.
앞을 보지 못하신다. 선천적인 것은 아니고 어떤 충격에 의해 그렇게 되셨다는 이야기가 떠돌고 있다.

병명란에 '조현병'이라고 써 있긴 했는데….
입소 다음 날 어르신이 "담배를 좀 달라"고 하시길래 "여기에서는 담배를 드릴 수가 없다" 하니, 어르신께선 "교황께서 계시를 내리셔서 오늘 담배를 두 개피 피우게 되어 있다"고 하셨다.
나는 "피우게 되어 있어도 안 됩니다. 교황님께는 여기 복지사가 깐깐해 죄송하다고 전해 주시고요"라고 응답했다.
이런 대화를 계속 계속해야 하는 것이 오늘날 나의 운명이다.

어제는 어르신께 "가장 큰 고민이 무엇이냐"고 겁도 없이 물었다가 캄보디아에 심어 놓은 어떤 모종에 관한 이야기를 주구장창 들어야 했다.
적들의 공격, 지구 방어 체계, 인간과 자연의 하모니, 드러나지 않게 밥 먹는 법, 자신을 여기에 묶어 두는 만큼 이곳이 타격받는다 등등.

지쳐 사무실에 돌아왔는데 애정하는 한국 영화 〈지구를 지켜라〉가 생각났다. 그의 말이 다 사실일 수도 있다고 이야기하는 영화였다.
응?

6

참 좋게 되었다

안타까움

오늘

.
.
.
.
.
.
.
.
.
.
.
.
.
.
.

1974년생이 입소했다.

안녕, 여름

이제
슬슬 가셔도 되겠어요.

똥 냄새

오늘 아침, 온 국민이 다 안다는 그 국민 체조를 하는데,
어디선가 실실 똥 냄새가 나기 시작했다.
'흐미, 어느 어르신께서 시원하게 일을 보셨구나. 아이고 쿠려라.'
속으로 생각하며 국민 체조에 이어 〈찐이야〉에 맞춰
일단 신나게 춤을 추었다.
체조 시간이 끝날 무렵에서야 똥 냄새를 맡은 요양사 선생님 한 분이
큰 소리를 내었다.
"아이고, 똥 냄새야! 누구야! 어디서 나는 거야!"

아무리 인지가 없으시고 정신이 없더라도
많은 이들 앞에서 똥 냄새 난다고 소리치는 일은
수치심을 유발하는 '정서적 노인 학대'에 포함된다.
해당 요양사 선생님께 주의하시라 하고 사무실로 내려왔지만
아직도 그 똥 냄새가 나는 듯하다.

우리가 아가였을 때 우리의 기저귀를 갈아 주던 이는
우리의 똥을 보고
"아이고, 똥 냄새야"하며 소리를 쳤을까?
아니면 "어머 어머, 우리 아가 오늘도 황금 똥을 만들어 냈네" 하며
조용히 웃었을까?

아니면 "그만 좀 싸!" 하면서 엉덩이를 찰싹찰싹 때렸을까?

세상 살면서 누군가에게서 똥 냄새가 날 때 나는 어떻게 했을까?
  냄새 난다고 소리치거나 뒤에서 수근거렸던 것 같은데, 나에게 똥 냄새
가 날 때 나는 다른 사람들이 어떻게 해 주기를 바랄까?

이런 저런 똥 같은 사색을 하다 어르신들 만나러 2층에 올라간다.

지랄하고 댕기더니

어르신들 생신 잔치 끝나고
너무 지친 나머지
사무실 책상에 엎드려
깜박 잠이 들려는 순간,
욕쟁이 진분 어르신이 지나가며
"저거 봐라. 여기저기 지랄하고 댕기더니 이제 잔다" 하여
빵 터짐과 동시에 잠이 깨었다.

가짜 돈 케잌

하나라도 더 붙이려
애들을 쓰신다.

프로그램 다 끝나고
어르신들 주머니에
몇 개가 들어가 있다.

특권

할무이 손에 자란 손주들의
평생 특권이라고나 할까.

주기는 뭘 줘?

오늘은 어르신들과 추석을 앞두고 과일 바구니에 과일을 담아 제일 주고 싶은 사람에게 메시지를 남기는 프로그램을 하였다.

순혜 어르신은 딸들이 그렇게 곱게 모시는데도 베트남에 사는 큰아들에게 주겠다고 하며, 큰아들에게 '멀리서도 건강하게 명절 잘 보내라'는 메시지를 남겼다.

프로그램이 끝난 후 나를 졸졸 따라오셔서 베트남에 과일 바구니를 보내려면 주소랑 아들 이름이랑 알아야 하지 않느냐며 걱정 걱정을 하셨다.

태순 어르신은 엄마한테 주고 싶다 하셨고, 진분 어르신은 둘째 며느리에게 준다 하셨다.

"첫째 며느리가 어르신한테 그렇게 잘하는데 왜 둘째 며느리에게 주시느냐?" 물으니

"첫째 며느리는 다른 거 더 좋은 거 준다."

하셨다. 정숙 어르신은 역시 블랙 민들레에 이어 블랙 포도를 만드시고 아들에게 갖다 준다 하셨다. 종인 어르신은 "느그들이 여기까지 와서 가져가라"는 메시지를 남기셨고, 영주 어르신은 "내가 먹어유"라고 남기셨고, 희서 어르신은 "나 줘"라고 메시지를 남기셨다.

아침부터 머리가 지끈지끈 아프고
전날 요양사 선생님 한 분이

코로나 확진으로 요양원이 뒤숭숭한데,

정신없이 어르신들이랑 두 시간 가까이 혼을 갈아 예술 활동을 하고 났더니 두통 따위는 싹 가셨다.

모두가 과일 바구니 같은 걸 받는 추석이 되기를 빈다.

가을이네.

국민 체조를 하다 말고
숙진 어르신이
두 손으로 얼굴을 가리고 운다.

내가 어떻게
이렇게 바보가 되었는지 모르겠다고
너무 비참해 우는 거라고 했다.

아, 나도 저런 마음이 있는데 하면서
옆에 주저앉아 같이 울고 싶지만
꾹 참고 돌아와 멍하니 앉았다.

나에게 처음 보여 주는 숙진 어르신
진짜 모습인 것 같았다.

누군가의 눈물이 진짜일 때는
옆에 있기만 해도
같이 뜨거운 눈물이 난다.

사랑의 송편

송편을
살짝 들춰 보면

사랑이
숨겨져 있다.

내가 쓰레기니

'내 이빨 내놔' 숙진 어르신

손자가 이쁜 아가를 데리고 왔는데
코로나 때문에
가까이 가지 못하는 상황을
이해 못 하는 어르신께서
왜 자기 가까이 안 오냐며
"내가 쓰레기니? 내가 쓰레기니?"
소리를 지르는 바람에
그 답답시러움이
고구마 오백 개는 먹은 듯하였다.

누구든 그렇듯
화가 많이 올라오고
귀가 잘 들리지 않는 날들을
조심해야 한다.

할배의 손가락

굵디 굵은
할배의 손가락 마디
평생 노가다만 하셨다는
할배의 손가락

아,
벌써 가을이므로
단풍잎 찍어 내기

그리운 오빠

추석 명절 다 지난 후 면회 오는 가족들도 있다.
오늘은
철원 어르신 가족들이 면회를 왔는데
어르신께서는
딸은 아예 알아볼 생각조차 없어 보였고
아들을 향해서는
"오빠!" 하고
크게 부르시었다.

안전 요원들

오늘
우리 요양원 남자 어르신들이
저 위에서 내려와 뒷길로, 밭길로 탈출하고 있던
누군지 모르는
다른 요양원 할아버지를 발견하여
무사히 복귀하도록 도왔다.

아, 멋있어.

정숙 어르신은
'말'이란 걸 통 안 하시지만
꽃을 피우거나 굴비를 엮거나
찌개를 끓이거나 할 때는
매우 열정적이시다.
그 열정으로
묵묵한 가을도
또 이렇게 살아 내고 계신다.

옆에 앉은 수영 어르신께
'코스모스'라는 단어를
알려 드리니 따라하시다
'꼬추 꼬추 꼬추'하며
낄낄 웃는다.
그래도 정숙 어르신은
아랑곳하지 않으신다.
꽃 피우느라 너무 바쁘시니.

내 안에 피울 꽃이 가득하면
바깥 소리가 잘 안 들리기 마련이다.

너도 나도

꽃과 나무와 하늘을 쳐다본다.
나도 너도 하늘임을
나도 너도 나무임을
나도 너도 꽃임을
깨닫고 싶다.

영혼이 춤추는 날들이기를.

절대로
'협동'이란 게 될 리 만무한
네 명의 어르신들과
'협동화'라는 걸
해 보았는데

이걸 할 때만큼은
소리를 지르거나
욕을 하거나
싸움을 하거나
하는 일이
일어나지 않았다.

찐 태주는 청소 중

  일순 어르신 입소하는 날은 요양원이 요란했었다. 다 때려 부수고 아무나 때리고 큰 소리로 욕하고. 그런데 이제는 완전 적응하여 제법 고참 느낌도 난다. 그림도 그리고 노래도 하신다. 다른 어르신들과 대화하며 깔깔 웃기도 하신다. 정이 많으신 분이다.

  처음 이곳에 왔을 때는 매일매일 허공에 대고

  "태주야, 태주야~!" 하고 아들 이름을 목놓아 부르시던 어르신.

  그 소리가 하도 애절해 마음이 쓰였었다.

  산책할 때마다 맞은 편에 보이는 요양원 남자 직원을 태주라고 하다가 어느 날부터 우리 요양원 남자 요양사 한 분을 태주라고 부르기 시작했다. 그분이 쉬는 날은 오매불망 "우리 태주 언제 오냐"고 직원들에게 하도 물으니 이제는 직원들 모두 그 요양사 선생님 근무 일정을 꿰고 있을 정도다.

  오늘 '진짜 태주'가 면회를 왔다.

  우리는 어르신이 진짜 태주를 만나면 엉엉 울지도 모른다고 예상했다.

  하지만 삶이란 늘 예상을 크게 벗어나는 법.

  "엄마, 저 태주예요. 저예요, 태주."

  엄마에게 존재를 알리는 진짜 태주에게

  어르신은 시크하게 한마디 던지고 방으로 돌아갔다.

  "우리 태주, 시방 청소하는디?"

오늘은 어르신들이랑 낙엽을 밟아 볼까 한다.
다들 언제 떠나실지 몰라
계절을 조금씩 앞당겨 뭐든 해 보는 것이다.
그러니 "벌써요?" 하는 따위의 토는 달지 마시라.
살다 보면 제일 많이 하게 될 말 아닌가.
"벌써?"
이 말 말이다.

장수 기원 영정 사진

요양원에서 일하다 보면 보호자들에게
부모님 영정으로 쓸 사진이 마땅치 않다고
사진 좀 찍어 달라는 부탁을 종종 받는다.
그렇게 부탁을 받아 사진 찍어 놓고
일 년도 넘게 더 쌩쌩하게 살아 계셨던
어르신 생각이 난다.

오늘 아침에
희영 어르신 따님들이 어르신 영정 사진을 부탁하였다.
언제나 말을 이쁘게 하고 "내가 피해 주는 거 아녀?"
늘 배려하는 말투에 웃던 희영 어르신께서
얼마 전부터 부쩍 몸 상태가 안 좋아져
딸들이 걱정 끝에 마음의 준비를 하시는 모양이다.

내일은 희영 어르신 병원 가시는 날이라
외출복으로 갈아입으실 테니
영정 사진을 이쁘게 찍어 드리려 한다.

수의를 준비해 두면 더 오래 산다는 말처럼
영정 사진도 그런 힘을 발휘해 주기를 바라면서 말이다.

왜 다들 서서 그래

오늘 아침
모두들 열심히
국민 체조 하는데
영욱 어르신께서
한마디하셨다.

"다들 앉어!"

나홀로 고스톱

벗 셋만 있으면 좋으련만.

월급 없는 알바

치매 어르신들께 색칠 공부만 한 것이 없다.

색칠을 계속해 오신 어르신과 그렇지 않은 어르신과는 인지 기능에서 많은 차이를 보인다.

시중에 나와 있는 꽃 색칠 공부는 좀 조잡하고 어르신들 칠하기 적당한 것이 없어, 나는 주로 핀터레스트에서 꽃 도안을 찾아 책으로 만들거나 출력해 드리곤 한다.

얼마 전 입소하신 종인 어르신은 그림을 다 칠하면 시장에 내다 파는 걸로 아셔서 하루종일 색칠을 하신다. 아무리 설명을 드려도

"빨리해서 사장님 드려야
한다"며 팔이 아플 때까지
칠을 하신다.

종인 어르신이 그러니 다른
어르신들도 너무 열심히 색
칠 공부를 하신다.

방금 점심 드셨는데
낮잠조차 안 주무시고
계속 칠을 하신다.

오늘
오징어 말리기 딱 좋은
바람이 불어
오징어를 널었다.

서언 어르신께서
다 널린 오징어들을 보시더니
"참 좋게 됐다 야."
하셨다.

밥상머리 줄다리기

아까 철원 어르신 밥 드리는데
딱 한 숟갈 드시자마자
"그만 먹겠다" 하시길래
"네, 언니. 그럼 그만 드세요" 하고
바로 식판을 드는 척했더니
철원 어르신이
식판 저쪽을 꽉 잡고
못 가져가게 잡아당기시었다.

부들부들 흔들리는 식판.
시월의 가을 하늘 아래 우리 둘이서
아주 그냥, 줄다리기를 하였다.

어찌나 힘이 센지
철원 언니는 분명
백 이십 살까지 사실 것이다.

아,
그리고 오늘
밥은 싹 다 드셨다.

코스모스 피우는 왼손 사이로

널리리야 장단 사이로
그렇게
잠자리 같은 가을이
스쳐간다.

그 사이로.

감 잡았어

비가 내리지만

우리는
감을 딸 수가 있지.

훤칠하게 큰 키, 긴 다리, 넓은 어깨, 두유 빛깔 얼굴. 요양원에서는 흔히 볼 수 없다는 후덕하고 해맑은 미소의 주인공 준택 어르신께서 입소하셨다. 얼마 전 입소 상담 오시는 날.

〈탑건〉 톰 크루즈 오빠 썬그리까지 딱 끼고 오셔서 여자 어르신들을 들썩이게 만들었는데, 드디어 그 어르신께서 오늘 입소를 하신 것이다.

일순 어르신께서 갑자기 프로그램 시간에 나눠 드리는 과자에 집착하시며 더 달라고, 조금만 더 달라고, 방에 계신 할머니 갖다 드리려 한다시길래 그런가 보다 하고 더 챙겨 드렸다.

그런데 세상에!

나중에 보니 일순 어르신이 새로 오신 준택 어르신 방으로 그 과자를 들고 가시는 것 아닌가! 욕쟁이 진분 어르신 또한 "그 할배 너무 잘 생겼다"며 발 빠르게 호구 조사를 시작하였다. 준택 어르신은 어제도 거실에 나오셔서 여자 어르신들의 빛나는 눈빛과 박수갈채를 듬뿍 받으시며 진종일 노래를 하시었다.

이리저리 애쓰고 수고하시는 어르신들을 위해 나는 오늘 잔나비의 〈주저하는 연인들을 위해〉를 요양원 각 층에 들려드렸다,

가스라이팅

신우 어르신은 나만 보면 '아가씨'라고 하며 몇 살이냐 묻는다. 내가 맘에 든다고 자기 아들이랑 결혼하라 한다.
당신 아들이 현실적으로 시방 몇 살이겠는가. 거의 할아버지 나이에 자손도 번성하고 잘살고 있지 않겠는가. 그런데 어르신은 그 어느 지점에서 기억이 멈추었으므로 "우리 아들 장가 들어야 할 텐데" 이 말을 입에 달고 산다.

오늘 그 아들이 면회를 오셨다.
침착하게 두 손을 모으고 나가 인사를 드려야 할 것 같은 느낌.
나이 오십 넘어 나 이상한 가스라이팅 당하고 있어.

어제까지도

오늘은 숙진 어르신이
자신의 이름을 어떻게 쓰는지
까먹은 날이다.

어제까지도 쓰셨는데.

아이고, 귀염둥이들

아침마다 국민 체조 할 때
내가
흘러내린 마스크를 올리거나
바지를 치켜 올리거나
머리를 쓸어 올리거나 하면

어르신들은
그것을 다 따라하신다.
정말 너무 귀여우시다.

체조하다
꼬딱지는 파지 말아야지.

처음처럼

아침마다
"오늘 새로 오셨어요?"
인사해 주시는
숙진 어르신 덕분에
나날이 새롭다.

밤에 밤을

정신없이 따다 보니
밤이 되었….

시래기

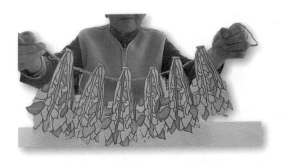

아침부터
시래기를 널었다.
든든하다.

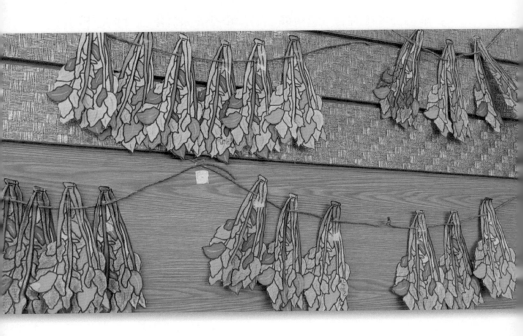

복되고 복되도다

며칠 전부터 이별을 위한 마음의 준비를 해 왔다.

요양원이란 곳에서 정말 흔치 않은 인격의 소유자 정실 어르신. 우리 모두에게 평화와 친절과 사랑과 포용과 미소만을 나누어 주시던 어르신께서 오늘 우리 요양원을 떠나셨다. 얼굴을 천으로 덮고 침대차를 타고 요양원 문을 나가신 것이 아니라, 뚜벅뚜벅 걸어 나가 차를 타고 고향 안동으로 떠나신 것이다.

따님들이 이제 어르신을 고향의 요양원에 모시다 돌아가시면 바로 고향 선산에 묻히실 거라 하였다. 그 이야기를 접한 날부터 어르신은 짐을 쌌다. 묶는 보따리 매듭 매듭마다 그리움이 같이 묶였다. 고향으로 돌아간다는 것에 정말 기뻐하셨다. 죽어 묻힐 고향 땅에 가는 거라며 안심이 된다고 웃으셨다.

나는 그저께 미리 인사를 나누고 껴안고 볼을 부비고 울다 웃으며 이별 행사를 다 치루었다.

"선상님, 내가 다 눈물이 날라칸다" 하시며 나를 껴안고 복을 빌고 또 빌어 주셨다. 그리고 오늘 아침 그녀가 떠났다.

마음이 허하고 그럴 것 같았는데 이상하게 따뜻하고 뿌듯하다.

이생에서 나눌 사랑을 다 나누고 아름다운 빈손으로 본향을 향하는 이의 발걸음을 볼 수 있는 것만으로도 복되고 복되었다.

코로나로 금지되었던 외부 공연이 드디어 진행되었다. 어르신들이 신나하셨다. 하지만, 코로나로 공연을 몇 해나 못 했던 출연자들이 우리 어르신들보다 몇 배는 더 신나 보였다. 너무너무 힘들고 피곤했지만 좋은 날이었다. 한 달에 한 번 행사를 하자던 계획은 사무실 직원 모두가 혼연일체가 되어 일 년에 한두 번 하는 것으로 수정되었다.

역시 뭐든지 일단 해 보아야 알게 되는 것들이 있다.

매우 현명한 수정이었다고 본다.

여섯 가닥 정도?

욕쟁이 진분 어르신이 요양사 선생님들께
쟁반짜장 사 준다고 큰소리 떵떵 쳐 놓고는
"오늘 돈 없어. 내일 사 줄게. 나흘 뒤에 사 줄게."
(사실 돈 많음)
하는 장면을 오늘 내가 본 것이 세 번째.
아 치사하다 싶어 요양사 선생님들과
오늘 점심은 우리끼리 쟁반짜장을 시켜 먹기로 결정하였다.
진분 어르신이 분명 기웃기웃하실 텐데 조금만 드려야지.
여섯 가닥 정도?

다시는

요양원에서 일하는 사람들은 출근하자마자 어르신 사망 소식을 듣게 되는 경우가 많다. 나도 매일 아침 출근하자마자 하는 일은 어르신 숫자를 나타내는 현황판 숫자가 지난 밤 바뀌었는지 확인하는 일이다.

이틀 휴무를 지내고 출근하니 '슬픈 인연의 부부', 그 아내분이 어제 생을 마감하셨다.

어제, 아내가 생을 마감하는 그 순간에도 명진 어르신은 부인이라 착각하는 다른 어르신께 "너, 그렇게 살지 말라" 잔소리하고 계셨다 한다.

그 순간에도.
그 순간에도.

순영 어르신요.
다 털고 가세요.
다시는 두 분
만나지 마요.
제발요.

요양원에서는 아침마다
국민 체조와 〈찐이야〉 노래에 맞춰 아침 운동을 한다.

1층 담당일 때면 꼭 보게 되는 광경이 있다.
아침에 퇴근하는 야간조 요양사 선생님들이 1층에 내리면
요양원 현관까지 꼭 음악에 맞춰 막춤을 추며 지나간다.
그게 뭐라고, 나는 그게 왜 그렇게 웃기는지 모르겠다.
아침부터 음악에 몸을 맡겨
막 흔들 수 있는 일터라는 게
하루의 행복을 허용하는 비결일지도 모르겠다.

생에도 저마다의 막춤 구간이 있어
그 구간만큼은 그렇게 지나가도 좋겠다.

딱밤의 변질

아내에게 폭력을 휘둘러 집을 나가게 하고, 두 딸마저 두들겨 패 고등학교 때 집을 나가게 하여 가족들을 흩어져 살게 만들고, 평생 막노동으로 먹고 살다 이제 몸도 아픈데다 치매까지 겹쳐 요양원으로 오게 되신 선종 어르신.

요즘은 어르신과 가위바위보 딱밤을 한다. 어르신은 맨날 보자기만 내므로 그동안은 내가 원 없이 딱밤을 때릴 수 있었는데, 세상에 어느 날 어르신이 머리를 써서 주먹을 뙇 내는 것 아닌가! 세상에나 어르신한테 딱밤 한 대 맞고(살살 해 주심) 아, 이젠 가위바위보 하는 데도 머리를 굴려야 한다니, 하는 자괴감에 며칠 딱밤을 안 하고 어르신을 모른 체하며 지냈는데…. 그새 딱밤을 까먹으셨는지 어느 날부터 딱밤이 그림처럼 바뀌어 나만 보면 계속 저러신다. 웬일이니.

그래도 딸들은
그런 아비를 사랑하여
겨울 옷과 간식,
속옷과 양말을
바리바리 싸서 보냈구나.

산 사람은 살아야지

어르신들이랑
김장 할라고.

영혼은 모든 것을 알고 있다

아내의 죽음을 아무도 말해 주지 않았는데
명진 어르신이 계속 우신다.
나는 그의 곁에서
찬송가를 불러 더 울려 드렸다.
(가사를 틀리면 그가 고쳐 주느라 감동이 확 깨지므로 조심해야 한다.)

오늘은 이 그림을 드려
아내에게 좋은 옷 선물하는 마음으로
예쁘게 칠하시라 하였더니 집중력을 발휘하신다.
평소엔 잘 안 하시는데...

내 아내는 죽지 않았다고
알고 보니 헛소문이었다고
아내는 죽은 게 아니라고
계속 말하면서 그림 속 아내를 꾸며 주었다.

그녀의 영혼을 향해
천도제를 지내는 마음으로
추모 예배를 드리는 마음으로
나도 함께 색연필을 잡고 칠을 하였다.

요양원에서 일한 지 이틀 째 되던 날이 생각난다.

어르신들 생활실을 지나다 다급하고 숨찬 소리를 들었다.

마치 전쟁터에서 숨넘어가기 직전 마지막 숨을 몰아쉬며 전우에게 전하는 떨리는 소리 같은….

"저어어어… 무우우울 물 좀…. 제발… 물 좀 주세요."

그 소리를 들은 나는 어찌할 바를 몰라 물을 드리러 여기저기 컵을 찾았지만 눈에 띄지 않았고, 주위에 요양사 선생님들마저 보이지 않는 것이었다. 그런데 하필 또 다른 일이 생겨 매우 불안한 마음으로 돌아섰었다. 잠시 후 그 방으로 돌아가 요양사 선생님께 어르신이 물을 달라 하신다 이야기하는데도 듣는 둥 마는 둥 하길래 나 혼자만 이상하다 생각했었다.

그 다음 날, 그 앞을 지나가는데 또

"저어어어… 무우우울 물 좀…. 제발… 물 좀 주세요."

그 다음 날도, 또 그 다음 날도

"저어어어… 무우우울 물 좀…. 제발… 물 좀 주세요."

매일같이

"저어어어… 무우우울 물 좀…. 제발… 물 좀 주세요."

하는 것이었다.

그는 물을 많이 드시면 안 되는 환자였다. 그럼에도 언제나 그렇게 물을 찾으시고 하루에도 수백 번 물을 찾는다고 했다.

미스 김 백현 어르신과 처음 프로그램을 진행할 때도 그랬었다.

어르신께서 그림을 그리다 말고 갑자기 배가 고프다, 배가 너무 고프고 어젯 밤 한 숨도 못자 너무 졸립다 하셨다. 나는 흠칫 놀라 간식을 드리고 수업을 조금 일찍 끝내며 주무시라 하였다.

그러나 그후로 미스 김 백현 어르신은 어떤 때는 오 분에 한 번 "배가 고프다" 하시고, 십 분에 한 번 "졸립다" 하신다는 사실을 알게 되었다. 사실 식사도 잘 하고 잠도 아주아주 많이 주무신다. 이제는 수업 중 백현 어르신의 그 투정이 내 귀에 들리지 않는다.

누군가에게 익숙해지고 알아 간다는 일이 얼마나 마음을 여유롭게 하는지 모른다.

그대
혹시 누군가에게
마음 상하는 소리를 들었는가.
어쩌면 그는 오 분에 한 번, 십 분에 한 번
그런 말을 하는 사람인지도 모른다.
그러니 "맙소사, 또 내가 속았네!" 하며
그냥 웃어 넘길 일이다.

우하하하핳 하고 말이다.

오늘
배추 뽑고 무 뽑고
허리가 나가게 생겼다고,
좋은 말로 할 때 언능
돼지고기 사다 삶으라고
소리치시는
오래된 언니님들.

내가 사랑합니다.

지난 2년간 어르신들과 색칠 공부를 해 본 결과, 어르신들께는 '초록색'이 가장 많이 필요하다는 사실이 밝혀졌다. 모든 색연필 중 언제나 초록색이 가장 먼저 닳아 없어져 있다.

어제는 무려 두 시간 넘게 어르신들을 위한 문구 쇼핑을 하였다. 문구류를 사랑하는 나로선 온전한 대리 만족의 시간이었다. 그리하여 오늘 우리 어르신들을 오십 색 연필로 격상시켜 드리었다. 아침부터 기분 좋으시라고 예쁘게 포장하여 한 분 한 분께 선물 드렸다.

꽃 한 송이 한 송이 곱게 칠하듯 한 생명 한 생명, 한순간 한 순간이 소중하다.

당분간 요양원에 싸움과 분쟁은 없을 것이다. 오십 색 연필발 며칠이나 가는지 봐야지.

치유의 초록빛이
어르신들 영혼을
푸근히 감싸 주기를.

통통한 책

철원 어르신이
《팥죽 할멈과 호랑이》 책을 넘겨 보시다가
"통통허네~" 하셨다.
호랑이 이야긴 줄 알았는데
한 장 한 장 종이를
섬세하게 만지시는 걸로 봐서
종이가 두껍다는 이야기인 듯하다.

혹시

혹시 마지막 만남일까
혹시 마지막 이야기일까
혹시 마지막 식사일까
혹시 마지막 욕일까
혹시 마지막 가을일까 싶어서.

이것이 바로 종말론적 삶인 건가.

맞어! 그려! 그거여!

오늘 오후에는 코로나 격리가 끝나 안도의 한숨을 쉬는 남자 어르신들께
서 바람을 쐰다고 1층 테라스로 우르르 몰려 나오셨다. 따스한 햇살과 늦
가을의 솔바람.
졸린 듯 흐느적 걸음 떼는 치즈 고양이가 보이는 테라스에서 어르신들과
두런두런 이야기를 나누었다.

이야기하는 가운데 어쩌다 준성 어르신이 주인공이 되었다.
나는 시냇가에 앉아 자잘한 자갈들을 던지듯 여러 질문을 던졌고
어르신은 네 살 때 엄마가 집을 나간 이야기
4학년 때 겁대가리 없이 6학년 형들 패거리랑 싸운 무용담
머리가 좋아 공부를 하고 싶었는데
일찍이 노가다 판에 뛰어들어야 했던 과거
건축 현장에서 부도 맞은 이야기 등등
그동안 얼마나 고난의 세월을 겪었고
또 술은 평생 얼마나 많이 퍼 마셔 댔으며
요양원에 있는 지금의 마음은 어떠한지 잔잔하게 풀어내 주셨다.
굴곡진 그의 삶을 함께 오르내리며
중간중간 추임새까지 넣는 나에게
옆에 앉은 기현 어르신께서는
"맞어! 그려! 그거여!" 세 마디를 크나 큰 목소리로 번갈아 하시며

지지하고 응원해 주는 바람에 더 든든한 느낌이 들었다.
나는 준성 어르신을 응원하고
기현 어르신은 그런 나를 응원하고 있었다.
신이 계셔서 응원의 말로 나를 받쳐 준다 상상하니
내 존재가 빛나는 듯했다.
이 거칠고 외롭고 기나긴 순례의 길 위에서
서로에게 이렇게 세 마디 돌려 가며 주고받는 일 말고
해야 할 일이 더 있을까?

그런데, 이 응원의 세 마디는 큰 소리로 해야 제 맛이다.

나에게 포기란

오직 배추 셀 때
쓰는 말일 뿐이오.

어찌어찌 '해적 통 아저씨 왕룰렛'이라는 게임을 하게 되었다. 사람을 칼로 찌르는 모션 게임인지라 하지 않는 게 좋겠다는 생각도 있었지만 한 번 정도는 실험해 보고 싶었다. 실험 끝에 내린 결론은 다음과 같다.

1. 무릇 어르신들은 가능한 한 몸을 움직이려 하지 않으므로 진행자가 통 아저씨를 계속 들고 다니며 어르신 앞에 대령해야 한다. 넓은 공간, 긴 테이블에서 하는 경우, 통 아저씨를 들고 몇 바퀴 돌고 나면 진이 쏙 빠진다. 게다가 아무도 튀어 나가떨어지는 통 아저씨 머리를 받아 주지 못하니 바닥에 떨어진 걸 줍느라 진행자는 아예 바닥을 기어야 한다.

2. 순혜 어르신은 너무 리얼하게 "죽어라, 죽어라, 이놈 죽어라" 하시며 하도 절도 있고 힘차게 찌르고, 차례마저 안 지켜 계속 찌르려 하였다. 마치 이런 게임을 기다렸다는 듯.

3. 연춘 어르신은 칼로 통 아저씨를 찌른 후 중얼중얼 칼을 옆으로 돌리려 한다.(어떡하지)

4. 게다가 통 아저씨 머리통이 튀어 오를 때마다 어르신들이 소리를 지르거나 욕을 하여 심장을 부여잡게 만들었다.

5. 숙진 어르신은 통 아저씨 머리통이 튀어 오를 때마다 그걸 집어들어 안고 쓰다듬느라 진행자에게 돌려주지 않아 진행 시간이 오래 걸렸다.

6. 대부분의 어르신들이 칼로 찌를 때 힘을 끝까지 주지 않아 모든

구멍에 칼이 다 들어갔는데도 통 아저씨 머리통이 안 튀어 오르는 일이 다반사다.

7. 진행자가 칼이 끝까지 다 들어갔나 확인하다 통 아저씨 머리통이 튀는 일도 다반사라 재미가 뚝뚝 떨어졌다.

뭐든 해 보고 나면 더 알 수 있는 것들이 있는 법. 해 보기 전에 알 수 있으면 얼마나 좋을까.

1, 2, 3층 각 층을 다 돌아가면서 실험한 결론.

해적 통 아저씨는 창고로 가실게요.

회의

요양원이라는 곳의 회의 내용은 다음과 같다.

[층별 보고]

- 1층

숙진 어르신께서 어제 저녁 약을 거부하며 퉤 뱉으셨는데, 역시 밤
새 잠을 안 주무시고 다른 어르신들 방을 기웃거리셨음. 성신 어르
신이나 철원 어르신 주무시는 데 가서 선 채 물끄러미 쳐다보고 계
셨음, 사람 무섭게. 오늘은 아버지 밥을 해 드리러 집에 가야 한다
고 계속 말씀하고 계심. 종인 어르신은 마른 기침을 계속하시는데
일부러 하시는 것 같음(요양사 선생님이 기침 소리를 재연함). 희영
어르신은 콧줄을 끼신 이후에는 하루 종일 "하나님, 잘못했어요.
하나님, 도와주세요. 하나님, 목이 말라요"라는 말을 반복하고 계
심. 다른 어르신들은 이상 없음.

- 2층

득희 어르신께서 밤새 잠을 안 주무시고 3분에 한 번씩 소리치시
며 요양사들을 부르심. 집에 가고 싶다 하시고 고래고래 큰 소리로
노래도 하심. 어르신은 같은 반찬을 드시는데 어제는 반찬이 이게
뭐냐며 다른 사람들과 같은 반찬을 달라고 소리치심. 일단 어르신

께서 씹고 싶은 욕구가 있으므로 반찬을 가위로 잘게잘게 잘라 드리는 것이 좋겠음. 씹지 못해 문제가 생기면 다시 갈아 드리는 한이 있어도.

진춘 어르신 창가 자리가 바람이 너무 많이 들어오는 것 같아 자리를 이동시켜 드렸음. 도현 어르신은 새벽까지 안 주무시고 복도를 배회하셨음. 가끔 문 뒤에 숨어 벌벌 떨며 적들이 온다고 하시기도 함. 아마 월남전 트라우마가 아닐까 함.

- 3층

아무 이상 없음.

현재 우리 지역 요양원들이 코로나 재발로 난리가 아님. 저 위 요양원은 직원들로부터 시작해 어르신들 9명이 확진되심. 다행히 우리 요양원은 2명으로 끝이 났음. 계속 조심해야 하지만 시청에서도 주무관과 역학 조사반에서 연락이 옴. 어떻게 관리했길래 그렇게 빨리 끝났냐고.

"다 선생님들 덕분입니다. 박수로 회의를 끝내겠습니다"

문득, 요양원 회의가 진짜 사람들에 대한 이야기를 하고 있다는 생각이 들었다.

미리 크리스마스 협동화

결코
협동할 생각들은 없으시지만
훌륭한 복지사 덕택에
이렇게 그림으로라도 협동을 해 본다 야.
흐릿하게라도 아주 옅게라도
'이생에서 이런 그림 그려 보았다.'
그 느낌 남으시기를.

아,

오늘 메주 쑤어야 해.

군고구마랑 씨앗 호떡이면

월동 준비
끝난 거 아닌가.

새알 떡 팥죽

오늘도 여전히

"진짜를 가져오라!" 하신다.

그곳에도 전번이 있는가

"야! 너 우리 집사람 전화번호 알아?"
명진 어르신이 거칠게 묻는다.
"지금 병원에 계셔서 전화 못 받으세요"
(평생 한 거짓말이랑 맞먹는 직장에서의 거짓말)
"그리고! 야가 뭐예요, 야가. 내가 야예요?"
"예쁜 얼굴처럼 예쁘게 다시 말해 보세요."
하면서 꼬투리를 잡을 뿐.

평생을 함께했던
아내의 죽음조차 인지하지 못하고
이 땅에 남아
삼시 세끼를 먹으며 살아 있는 것은
축복인가 형벌인가 그냥 그런 것인가.
전생의 반복인가.
이게 무언가.

뭐 그런 잡생각을 하면서
아침 체조를 하였다.

7

마침내 축복

하나님, 아시지요?

하나님, 저는 남편도 없습니다.
저에게 남은 거라곤 오직 아들 하나뿐입니다.
그 아들이 얼마나 귀여운지 모릅니다.
그 아들 성공을 위해서 저는 정말 열심히 합니다.
제게 남은 건 그 아들 하나입니다.
하나님, 아시지요?

어린 아들을 두고 남편과 사별하고 그 아들이 장가들었으나 어린 두 아
들을 두고 또 일찍 세상을 떠났다. 오늘은 그 고운 아들이 세상을 떠나기
전으로 기억 여행 하시는 듯.
그녀는 그렇게 오늘 몇 시간 동안 큰 소리로 하나님께 기도를 드렸다.

명진 어르신은
찬송가 〈내 주의 보혈은〉을 같이 부르면
꼭 눈물 콧물을 흘리신다.
죄가 많아서 그렇다고 하신다.
한 가정의 남편으로 지을 수 있는
각종 죄를 지었다는 그가 이제 와서
매일매일 눈물을 흘린다.

지난해
코로나로 다들 돌아가신다고 할 때,
나는 그가 떠나지 않을 것을 알았다.
그에게 왠지 울 수 있는 날이
조금은 남아 있을 것 같았다.
나에게 주어진 사명을 받아들여 나는 그를 매일매일 울리고 있다.

모두가 손가락질하는 몹쓸 인생이지만
오늘 나에게 이런 기회가 주어지는 것은
"너희 중에 죄 없는 자가 먼저 돌로 치라."
한 번 더 되새기라는 신의 뜻 아니면
무엇이더냐.

죽여 주세요

그대들은 단 한 번도 상상해 보지 않았겠지만
백 명 가까운 치매 어르신들에게 주사를 맞혀 드리는 일이야말로
정말 많은 이야기를 남기는 일이다.

주사를 맞지 않겠다, 완강히 맞서는 어르신들의 저항에 대처해
대표님까지 출동하여 힘을 써야 하는 것은 기본이요, 도떼기시장도 이
런 도떼기시장이 없고 난동과 고함과 욕설이 난무하는 현장이 되겠다.

그 와중에 숙현 어르신께서 주사 맞기 직전, 세상 모든 것을 내려놓으
신 말투로 아주 천천히 의사 선생님께 한 말씀 하시었다.

"죽여 주세요."

다 컸음

아 참,
어제 저녁 철원 어르신 밥 먹여 드리는데
가만히 쳐다보던 숙진 어르신께서
"다 큰 걸 뭘 밥을 먹이냐"라고 하셨다.

"난 못해유, 안 해유, 못해서 안 해유."
이 말만 반복하시면서도 막상 시작하면
꼼꼼하게 열심히 꽃 색칠하시는
영주 어르신.

인생을 통틀어 지금이 제일 행복하다며
그 누구도 괴롭히지 않고
단 한마디 불평도 없는
영주 어르신.

점점 이름을 까먹어서 걱정되었지만
이내 생각을 바꾸어 맘이 편해지었다.

평생 써 온 그깟 이름 좀 까먹으면 어때
오늘도
활짝 한번 웃으면 그만인 것을

요양원에도
보슬보슬 함박눈이 내렸으니
이것으로 되었다.

나보다 인물이 조금 나은 남자

오늘
정인 어르신이랑 나란히 앉아
나훈아 님 노래를 듣는 와중에
어르신께서
나의 핸드폰 속 나훈아 님 사진을 보더니
"니 남편이냐?"
라고 하시었다.

나는 화들짝 놀라서
빛의 속도로 BTS의 뷔 김태형 님 사진을 찾아 보여 드리며
"이 사람이 나의 남편이다."
라고 하였다.

어르신께서
"인물은 너보다 조금 낫다."
라고 하시며
"남자가 그럭저럭 괜찮아 보이니 잘살아라."
하시었다.

축복을 가득 받은 기분이었다.

우리 같은 요양원에서는 전 직원 회식이라도 한 번 할라치면 팀을 나누어 날을 잡아야 한다. 요양사 선생님들 근무 형태가 '주주야야비비' 세 개 조로 나뉘기 때문이다.

하여 사무실 팀, 간호 팀, 요양 B조가 1차로 회식을 하였고, 오늘은 요양 A조와 C조의 회식이 있는 날이다.

서로를 좋아하고 고기와 노는 것을 마다치 않는 분들 중 두 번의 회식에 다 참석하려는 이들이 있어 대표님 걱정이 이만저만이 아니다.

삼겹살 집에서 소주잔을 기울이며 고기를 먹고 있는 직원들을 가만히 둘러보았다. 말도 많고 탈도 많고 정신 없이 돌아간 지난 일 년이지만 중요한 건 '모두가 수고했다'는 것이다.

그런데 참으로 이상한 것은 지난 일 년, 짜증나고 열받은 날들도 많았는데 지나고 보니 모두가 그럭저럭 귀엽고 사랑스럽다는 것이다.

화풍 변화

이틀 휴무를 보내고
출근하였더니

그 사이
숙진 어르신 화풍이 바뀌었다.
너무 멋져서 사직 찍어 두었다.

어르신들
손을 워낙 떨어서
선 긋기 연습을 자주 한다.
손이 많이 떨리니 선 긋기를
그다지 좋아하지 않는다.

그러나
잘 생긴 영감님 옷 뜨개질하시라니
웃음을 참지 못하고

떨리는 손으로
선 하나 하나 꾹꾹 눌러
영감님 옷을 지으신다.

선긋기 연습이 끝난 후
"다 파버렸네" 하신다.

무언가
후벼파는 마음이었나 보네.

안 넘어가

아, 승질나.
처음에 '브이' 했다고
절대 '하트'로 안 넘어가.

우리 어르신들의 새해 인사를 전합니다.

소명

오늘 면회 예약이 많다.
'아, 1월 1일이라고 엄마 아빠 보러들 오는구나.' 해야 하는데,
'아, 미리 면회하고 구정 때는 어디 놀러들 가려고 그러는구나.'
하는 생각이 드는 것을 보니
요양원 사회복지사가 다 된 것이 분명하다.

명절은 명절대로, 평일은 평일대로
우울함 가득한 이곳에서
그 우울에 같이 잠기지 않고
그 우울을 날마다 톡톡 쳐서 부수는 것이
진정 나의 소명이라는 생각이 들었다.

새해는 나에게
하루가 천년 같고 천년이 하루 같은
신비를 깨닫는 한 해가 될 것이다.
포기하지 않고 걷다 보면
깨닫는 날이 올 것이다.
사랑을 전하며.

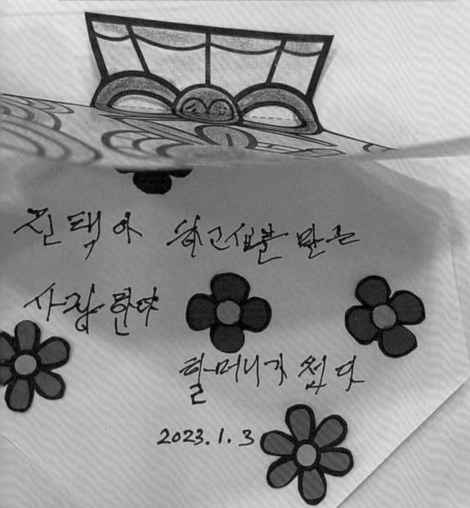

진택아 억근삽불 받고
사장한다
할머니가 쳤다
2023. 1. 3

옥순 어르신은 내가 이곳 요양원에 와서 처음으로 '아침 바람 찬 바람에'를 함께했던 어르신이다. 치매가 심해도 말이 통했으며 나의 유머 코드를 이해하던 어르신. 내가 그녀에게 처음 두 손을 달라고 했을 때는 인상 팍팍 써 놓고 정작 "우리 선생님 계실 적에, 엽서 끝도 없이 써 주세요" 하며 깔깔 좋아하시던 어르신.

비오는 날, 장에 나가 막걸리에 파전 먹자고 하면 원샷 흉내를 내며 "건배!" 하고 캬캬거리던 어르신. 그런 어르신께서 얼마 전 뇌경색 증상으로 입원했다 퇴원하셨다. 인지 상태가 매우 안 좋아지셨고, 말과 행동이 어눌해지고 엄청 느려지셨다.

갓 퇴원하신 어르신께 나는 딱 두 가지를 확인하였다.
그중 한 가지는 윙크였다. 어르신들께 끼 부리느라 나는 늘 윙크를 쏴대곤 했는데, 대부분의 어르신들은 모른 척해도 옥순 어르신은 꼭 윙크를 쏴 답해 주시곤 하였다. 윙크를 해 보니 옥순 어르신이 굳어진 얼굴 근육으로 어눌하고도 애쓰는 윙크를 보내 왔다. 일차 안심.

워낙 걸음이 느려 아침 체조 음악이 딱 끝나면 자리에 도착하는 어르신인지라, 어느 날 내가 옥순 어르신을 보며 무심코 "달려라 달려라 달려라" 〈달려라 하니〉 노래를 불러 드렸는데 세상에 옥순 어르신께서 나지막이

"하~니"라고 해 완전 빵 터진 적이 있다. 하니를 아는 어르신이라니, 이 얼마나 낭만적인가.

그후 옥순 어르신과 나는 우리의 친밀함을 '윙크와 하니'로 확인했었다. 매일매일 내가 "달려라" 하면, 어르신이 그때마다 "하~니"로 대답했다. 하여, 두 번째 확인 차 나는 "달려라"를 불렀고 옥순 어르신은 한참 있다가 너무도 한.참.을 있다가 내가 포기하려던 순간 "하~니"라 답해 주셨다. 이차 안심.

이제 식사도 잘 못 하셔서 오늘 두 분 어르신의 식사 케어에 동시 다발로 도전하여 임무를 완성하였다. 어르신께 나는
"내가 지금 옥순 어르신 밥 먹이게 생겼냐. 이게 지금 말이 되냐. 나가서 막걸리 몇 사발 마셔도 시원찮을 판에 이게 뭐냐. 달리지도 못하고."
하고 투덜대었더니 어르신이
"그러게 말이야."
하며 어눌한 대답과 함께 피식 웃는다.

사랑으로 채워지는 순간들을 가슴으로 받아들여 본다.
깊은 숨 한 번 쉬고 어르신들 밥 드리고 나도 밥 먹고 사무실에 돌아오니 젊은 직원들이 다 엎드려 한숨 자는 시간이라 너무나 졸음이 밀려와 까먹기 전에 글을 쓴다.

빛을 담은 한 방울 눈물

오늘 막 퇴근을 하려는데 2층 성현 어르신이 위급하다는 연락이 온다. 얼마 전 딸이 결혼하였고(그러니 요양원 오시기엔 아직 젊은 나이) 아내는 매주 남편을 보러 와 말을 잃은 그의 손을 잡고 울면서 한참을 이야기하다 가곤 했다.

"여보, 딸내미 결혼식 때 당신 자리엔 삼촌이 앉을 거야."

"여보, 걱정하지 마."

"당신 여기 있어도 나 행복해."

"늘 기도해."

나는 사무실에서 자연스레 거의 모든 대화를 엿듣게 되므로 각각의 가정사와 그 관계를 많이 알게 된다. 지난주에는 아마 그 딸내미 결혼식이 있었을 텐데. 그래서 그런지 그 아내가 면회를 한 주 걸렀고, 어르신은 코로나에 걸려 며칠 전부터 상태가 악화되더니 오늘을 넘기지 못할 것 같다는 인터폰이 온 것이다.

퇴근을 앞두고 나도 모르게 발걸음이 2층으로 향했다. 2층은 코호트 격리 중이다. 담당자 외는 들어갈 수 없는 상황이지만, 나는 지난번에 이미 확진 판정을 받고 완쾌되었으므로 그냥 올라갔다. 내 목소리를 듣고 억지로 떠진 어르신 눈은 이미 초점을 잃고 있었다. 나는 얼른 유튜브에서 찬송가를 찾아 어르신 귀에 들려드렸다. 손으로는 어르신 가슴을 토

닥토닥 쳐 드리며 그의 얼굴을 가만히 쳐다보았다. 어르신은 평소에도 찬송가를 들려드리면 엄청 환하게 웃으며 눈을 맞춰 주곤 했었다. 아마, 떠나시는 길에 엄청 반가우셨을걸.

찬송가가 끝나고 나는 어르신 귀에 속삭여 드렸다.
"괜찮아요. 떠나셔도 돼요. 너무 수고하셨어요."
어르신 눈에 한 방울 눈물이 빛났다.

이생을 떠나는 순간에 가족이 옆에 있어 주지 못하는 안타까움이 요양원에서 생을 마감하는 순간의 아픔 중 하나이다. 코로나 시국엔 더욱 그러하여 그 마지막 순간을 함께 보내 드린 어르신들도 많다. 그게 다 내 복이라고 생각한다.

지금쯤 길을 떠나셨을라나. 영혼이 환생한다면 갓 결혼한 딸의 자식으로 환생해 못다한 사랑을 이어갔으면 참 좋겠네 등등 잡생각과 함께 퇴근길 차를 몰았다.

자식들이 면회 오면 아빠 휠체어를 밀며 아빠와 장난치고 놀았던 것으로 봐서 참 좋은 아빠였을 성현 어르신, 안녕.
그 한 방울 눈물에 반짝인 빛.
그 빛 따라 가시어요.
안녕.

요양원 어르신 프로그램

　어르신들을 위한 프로그램은 '인지 A, B, C'와 '여가 A, B'로 팀을 나누어 진행한다. 인지 프로그램 팀은 20점 만점인 인지 능력 검사 점수를 기준으로 세 팀으로 나눈다. 일상을 아무렇지 않게 살며 똑똑한 척 지적질하고 기억력에도 문제가 없어 보이는 어르신이 막상 인지 검사에서 7~8점 점수가 나와 '인지 C팀'으로 분류되어 놀랄 때가 많고, 평소에 정말 아무 말도 안 하고 있음에도 인지 검사에서 10점이 넘는 어르신들도 있다.

　우리 요양원은 20점이 넘어 '인지 A팀'에 속하는 어르신이 딱 한 분 계시다. 인지 검사는 일 년에 한 번 하는데 점수가 한 해 한 해 급격히 낮아진다. 내가 처음 요양원에 왔던 2020년에 욕쟁이 어르신 인지 점수가 22점이었는데 지금은 7점이 나온다. 코로나 두 번 걸리고, 암 수술도 하고 그러는 동안 이 정도로 떨어진 것이다. 대부분의 어르신들 역시 해가 갈수록 인지 검사 지수는 팍팍 낮아진다.

　여가 프로그램은 신체가 얼마나 자유로운가에 따라 팀을 나눈다. 하체를 움직일 수 없어도 상체를 자유롭게 쓸 수 있으면 '여가 A팀', 와상 어르신들은 '여가 B팀'이 된다. '여가 B팀'은 주로 생활실에서 음악 감상, 그림 감상, 동화, 시 경청 등등의 프로그램을 진행한다.

　매해 1월 1일은 모든 어르신들의 인지 검사를 실시하여 팀을 새롭게 짜는 날이다. 어르신들을 위해 인지 프로그램, 여가 프로그램을 일주일에 각 1회씩 진행해야 한다.

비나 눈이 올 것 같지도 않은데
숙진 어르신이 사무실에 나타났다.
옷장에 자기 옷 아닌 것이 너무 많아
큰일 났다고 한다.

더 성질을 내며 소리를 지르기 전에
내 자리에 앉혀 드리고
귤차 한 잔 따숩게 타 드렸더니
너무 맛있다 하셨다.
내가 숟가락을 드리기도 전에
귤 찌꺼기를 막 손으로 퍼 드셨다.

당연히
옷장 속 남의 옷 이야기는
까먹었으셨지.

이 추운 날 종수 어르신 누님이 면회를 왔다.

종수 어르신은 사실 어르신이 아니고 오빠이다. 고작 1960년생이기 때문이다. 어르신은 아내의 변심에 분노하여 집에 불을 질러 생을 내버리려고 하였으나 누군가로부터 구출되어 현재까지 20년 넘게 누워 계신다. 말은 전혀 못하고, 의사 표현은 두 눈을 끔벅이거나 몸을 부르르 떨거나 가끔씩 살짝 웃거나 하는 정도이다. 그러나 누나를 보거나 영상 통화를 할 때면 몸을 흔들며 목놓아 울기도 한다.

그런 동생에게 누나는 늘 말한다.

"종수야, 너 누워 있으면서 인생 포기하려고 했던 거 다 회개해. 하느님께 용서를 빌어. 잘못했다고 하느님께 빌어, 종수야. 널 어떡하니 종수야." 그리고 마침내 누나는 울음을 떠뜨린다.

오래전, 스무 살 꽃 같은 나이의 남동생과 이별해 본 적이 있던 나는 이곳을 그동안 내가 그어 놓았던 많은 선들이 지워지고, 우선순위가 바뀌고 생각이 전환되는 곳이라 느낀다. 내가 종수 어르신의 누나 입장이 될 때도 있다. 요양원에서 마주하는 모든 장면들이 나의 생과 상징적으로 연결되어 혹시라도 있을 내 삶의 구석구석 상처에 누군가 바셀린이나 빨간약을 발라 주는 느낌이다.

때가 되어
생을 떠날 수 있는 것도 축복이요.
때를 기다리며
요양사 선생님들의 사랑을 받으며
누워 있는 것도 축복이요.
차가운 날 찾아와 울어 주는
누나가 있는 것도 축복이요.
이렇게 어떤 이에 의해
생이 기록되는 것 또한 축복이라고
그리 해석하고 싶다.

복지사의 사랑,
신기하고 놀라워

한평생
단 한 번도
이런 선물을
받아 본 적 없다며
그녀는
이런 웃음을
세상에 흘려 주었다.

미스 김 아가씨 어르신

믿고 싶지 않게 미스 김 아가씨 백현 어르신이 가쁜 숨을 쉬고 계신다. 너무너무 슬프다. 지난주 면회왔던 딸과 외손녀들은 마지막 만남이란 느낌이 있었는지 참 많이도 울며 슬퍼했다. 오늘 아침에 3층에 올라가 미스 김 아가씨 어르신 가슴에 가만히 손을 대 보았다.

"어르신, 오늘 가족들이 올 거예요. 기다리셨죠?"

어르신은 남은 힘을 다해 머리를 끄덕하셨다.

"수고하셨어요. 정말 애쓰셨어요."

남아 있는 자들을 대신하여 인사를 드렸다.

치매가 찾아온 후, 일본에 건너가 일했던 기억에 멈춰 남자 어른만 보면 "사장님, 사장님, 술 한잔하세요" 하며 일본 노래를 부르곤 하시던 미스 김, 영원한 아가씨. 흥도 많아서 그 작은 체구로 휠체어에 앉아 춤을 추시던 아가씨 어르신.

다행인가. 지금은 산소 포화도가 정상이다. 시간을 좀 더 쓰시려나 보네. 더 계셔도 좋고, 길을 떠나셔도 좋고. 어떻든 우주의 섭리 안에서 '사랑'을 남긴 그녀의 삶은 아름다웠으니까.

3층에 올라갈 때마다 미스 김 아가씨 어르신 자리를 볼 때마다 기억할게요. 내 좋은 친구 영원한 아가씨, 안녕.

얘들아, 어서 와서 떡국 먹어라

올 설에는
어르신 가족들이
많이 오셨으면 좋겠다.

돌고 도는 길

같은 성씨라는 이유로 내가 큰아버지라 부르며 살갑게 지내는 기현 어르신은 아픈 아내를 간호하던 중에 아내가 돌아가시고, 심한 우울증에 치매가 겹쳐 요양원으로 오시게 되었다.

참으로 보기 드물게 아빠 손을 꼬옥 잡고 요양원으로 들어온 아들이 아빠를 두고 가며 눈물 흘리던 장면이 잊혀지지 않는다.

그후로도 주말이면 아들들이 아빠를 모시고 나가 식사하고, 아빠 옷이며 간식이며 사 드리곤 하여 나를 깜놀하게 만들었다. 내가 아는 한 아들들은 절대 그런 일들을 안 하기 때문이다.

기현 어르신은 전에도 말한 적이 있지만 누군가의 말에 대해

"맞어! 그려! 그거여!" 하거나 상대방의 말을 반복해 따라하며 맞장구쳐 주시는 어르신이다. 젊은 시절 공장에서 일하다 그랬다던데, 손가락이 많이 잘려 있고 치아도 듬성듬성 빠져 있다. 주름 많은 까만 얼굴에 우울감이 드리울 때도 있지만, 그래도 눈을 마주치면 환하게 웃어 주시는 어르신이다. 내가 던지는 농담도 툭툭 되받아 던져 주시는 모습이 나는 정말 좋다.

지난주 어느 아침.

갑작스럽게 어르신 입이 돌아가고 팔이 안 올라가는 증상이 나타났다. 원장님이 빨리 발견한 덕에 골든 타임을 놓치지 않고 병원으로 모셔 약물

치료한 결과, 이제 드디어 퇴원하여 당신 다리로 걸어 요양원으로 돌아오셨다.

병원 가실 때는 무섭고 서러우셨는지 막 흐느껴 우셨는데, 돌아오실 때는 약간 다리를 절뚝거리긴 했지만 활짝 웃으셨다. 슬슬 운동을 하시면 더 좋아질 것 같다.

아직 다리에 힘이 들어가지 않아 오늘 아침에도 콩 넘어지셨지만, 그리고 아직 몸이 당신 마음대로 움직여지지 않아 아침에도 잠깐 우셨지만, 그래도 좋아지실 것이다. 관리자 선생님이 침대에서 일어날 때 잡고 일어설 수 있도록 봉을 달아 주었다.

미스 김 아가씨 어르신이 떠나신
요양원 앞 그 길로
이제 기현 어르신이 돌아오셨다.
떠나고 돌아오고,
다시 떠나고 또 돌아오는
인간 삶의 굴레가
요양원 저 앞 길과 다르지 않은 것 같다.

어떤 마음으로 바라볼지는 보는 자들의 선택이겠지.

　인후 어르신이 가정을 등지고 집을 나온 것은 그의 첫째 딸이 중학생 때라고 한다. 그후로 쭉 처자식을 나 몰라라 하며 살았고, 나이 들고 몸이 병들어 요양원에 오신 건 내연 여인의 손에 이끌려서였다. 내연의 여인 또한 가정이 있었고, 어르신 수급비가 나오는 통장을 관리하고 있었다. 어르신은 집도 있었는데 몽땅 그 여인의 품으로 들어갔다고 한다. 우리 대표가 그 여인으로부터 어르신 통장을 되찾아 오기 위해 "통장을 내놓지 않으면 경찰을 부르겠다"고 강하게 밀어붙인 끝에 통장을 되찾아 왔다. 그후 통장은 어르신 소유가 되었고, 어르신에게 필요한 물품이나 간식을 사다 드리는 것으로 쓰고도 700만 원이 남았다.

　어르신께서 돌아가시기 2주 전 쯤, 딸이라는 이로부터 전화가 왔다. 어떻게 알고 찾았는지 천륜이란 참 신기하기도 하다. 아버지는 어떠신지, 안부와 함께 아버지의 내연녀는 계속 찾아오는지, 아버지 재산은 어떻게 되었는지 등등을 대표께 물었다. 처음에 우리는 혹시 아버지의 남은 재산을 노리고 연락한 것은 아닌가 의심했었다. 그리고 어르신 연명 치료 포기에 대한 약속을 구두로 받았다.
　40여 년 연락이 끊겼던 딸이 어떻게 아버지가 떠나실 것을 알고 돌아가시기 2주 전에 연락을 했을까. 거짓말처럼 그 전화가 온 2주 후 인후 어르신은 돌아가셨다. 딸은 처음에는 장례를 치르지 않고 아버지를 화장터로 모시겠다고 했다가 마음을 돌려 삼일장을 치르기로 하였다. 미국에 있다는 아들들은 누나의 의견에 반대해 아버지 장례를 치르면 앞으로 다신 누나를 안 보겠다 했단다. 그럼에도 딸은 어머니와 함께 둘이서 아무도 찾지 않는 쓸쓸한 장례를 마쳤다.

발인까지 다 끝내고 요양원에 인사 차 온 딸로부터 차분하게 이야기를 들을 수 있었다. 미국에 사는 동생들이 지금이야 화가 나서 그렇지 언젠가는 혹여 아버지를 보고자 할 날이 있을까 봐 수목장으로 치뤘다고. 엄마가 너무 슬퍼해 놀랐다고. 아버지 집은 다 어디로 갔는지 정말 나쁜 사람을 만났다고. 못된 사람 차단해 주어 너무 고맙다고. 그동안 아버지를 잘 보살펴 주어 너무 고맙다고. 남은 통장의 돈은 어머니께 드리겠다면서 요양원에 100만 원을 사례비로 주고 가셨다. 치매 증상이 시작된 어머니도 우리 요양원에 보내시겠다는 말과 함께.

아비와 자식으로 이생에 맺어졌지만, 부부의 연으로 이생에 맺어졌지만 (눈에 보이지 않는)이러저러한 이유로 함께하지 못하고 원망만 쌓아 온 그들의 운명에도 신의 자비가 있길 빈다.
차마 그런 아비를 홀로 떠나보낼 수 없었던 건지, 아비의 죽음을 예감했던 딸의 영혼에게는 더 없는 축복이 내려지길 빈다. 아비와 함께한 실낱같은 추억으로 평생을 살았을 그녀의 삶에, 이제는 인간 아버지를 뛰어넘은 우주 같은 아버지께서 함께하시기를.

우리는 오늘 그 딸이 전해 준 소중한 사례비로 회식을 하기로 했다.

지금 내 입꼬리는

오늘 아침에도 역시
욕쟁이 진분 어르신 입꼬리가
땅을 향해 휘어
입꼬리 양 끝이
언 땅을 뚫고 들어갈 기세여서

나는 여느 때와 같이
어르신 양쪽 볼을
귀엽게 살짝 꼬집어 드렸더니
좋아라 하시며
바로 입꼬리가
승천할 정도로
하늘을 향해 휘었다.

역시 볼을 꼬집어 드리길 잘했어.

나도 모르게 입꼬리가 땅을 뚫으려 하면
무조건 볼때기를 꼬집어야 한다.

인순 어르신은 거동이 불편하신 와상 어르신이다.

365일 누워만 계신다. 요즘은 매일 "몇 정거장 가면 서울역이냐" 물으신다. 집에 가시려는 모양이다. 어느 날은 "기차에서 내렸는데 하루만 재워줄 수 있냐"고도 묻고, 매일매일 "서울역에 가야 한다"고 하신다.

명절이 되면 어르신들 마음이 더욱 싱숭생숭하고 고향 생각이 많이 나시는 듯하다. 인지가 있건 없건 마찬가지로 평소 하지 않던 행동들을 하고, 다들 기분이 축축 쳐진다. 가족들과 함께하지 못한다는 사실이 더욱 확실하게 와 닿는 날들이기 때문이다.

비 오기 전 날궂이 하듯 요양원에는 '설궂이'와 '추궂이'가 있다.

명절 앞 뒤로 2주 가량이 그러한 기간들이다. 가족들이 면회 와 만나는 시간은 반갑고 기쁘지만 다시 떠나는 가족들의 뒷모습, 또 나만 버려진다는 그 아픔, 빈손으로 오는 가족들의 야박함, 아무도 찾아오지 않는 서러움, 이런 감정들이 버무려지는 그런 날들이 바로 '설궂이의 날들'이라 하겠다.

그래도 가족들이 옹기종기 찾아와 면회를 하는 심정과 아무도 찾아오지 않는 심정은 천국과 지옥의 차이이다.

<u>요양원 방문 시 주의 사항</u>

◈ 설날이라고 어르신 면회 갈 때 절대 사 들고 가면 안 되는 것들
- 각종 사탕: 사탕을 사 드리려면 막대가 있는 사탕이어야 함. 목에 걸리면 큰일 치룸
- 캐러멜: 틀니가 들춰지거나 이가 빠짐
- 엿: 꼭 엿을 사 오는 보호자가 있음
- 가공 주스: 어르신들이 별로 안 좋아하심
- 초코파이: 절대 금물. 부스러기가 엄청나 요양사님들이 제일 싫어하므로 거의 꺼내 주지 않음. '오 예스'는 더더욱 금물
- 쌀과자: 딱딱함
- 뻥튀기: 싸구려 사 왔다고 어른들이 실망하심

◈ 권장하는 품목
- 검은콩 두유나 요거트, 쿠크다스, 버터링 쿠키 등
- 너무 딱딱하지 않은 한과
- 순대도 좋아함: 주로 껍데기를 까고 속 알맹이만 드심

지난주에 선종 어르신에게 설에 면회 올 딸들을 위해 토끼가 그려진 복주머니에 편지를 써 보자고 제안했었다. 생의 굽이굽이를 도느라 고집도 세지고 굳어진 몸처럼 마음도 굳어져서인지 나의 제안에 절레절레 고개를 흔들었다. 하지만 그의 진심을 눈치챘기에 나는 끝까지 종이 복주머니 편지에 그의 마음을 글로 담게 하였다. 굳어진 손가락에 힘을 주어 딸들의 이름을 쓰고 "사랑한다. 보고 싶다" 이렇게 말하고 싶다면서도 도저히 쓸 수는 없다기에 그 말들은 내가 대필하고 딸들의 이름과 '아빠가'는 스스로 쓰시었다.

아빠의 편지를 받은 딸들은 태어나 처음으로 받은 아빠 편지라며 매우 어색해했다. 둘째 딸에게는 지난주에 전달하였고, 첫째 딸에게는 오늘 전달하였다. 그들의 대화를 듣고 있자니 둘째 딸이 말한다.

"그 편지 내가 프로필에 올려놓았잖아."

첫째 딸은 너무 어색해하면서 "내 이름이랑 '아빠가'만 아빠가 썼네" 하면서도 복주머니 편지를 보고 또 본다. 처음이라며, 난생 처음이라며.

손글씨를 통해 직접 전해지는 아버지의 사랑. 우주에 사랑을 새기듯 하얀 바탕에 새긴 사죄의 마음과 그리움, 뒤틀렸던 관계가 글자 몇 개로 녹아내리는 것도 바로 사랑의 마법이다.

그토록 아빠를 원망하던 큰딸이 오늘 헤어질 때는 "아빠, 안녕" 하고 차를 타러 가다 뒤돌아 달려와 아빠를 안고 한참을 울었다.

오늘이냐?

어르신들한테
이거 만들자 했더니
옥금 어르신께서
"오늘이
입춘대길이냐."
물으셨다.

인간의 머리로는
알 수 없는 것들
가늠할 수도
감히 추측할 수도 없는 것들에 대해
생각한다.

인간의 뇌로는
도무지 담을 수 없는
정확하고 정확한 우주와
생명의 신비를 생각한다.
경외심 하나로 얻을 수 있는 자유를
생각한다.

한 생명과 한 영혼의 변화에 대해
가볍게 말하는 자가 되고 싶지 않다.
지금 몸 담고 선 이 3차원 세상에서
담아 내야 할 것과
털어 내야 할 것들에 대해
별들이 길을 알려 주길
기도하며

배애불러

점심 때
숙진 어르신이
계속 밥을 안 잡수시려고 해서
요양사 선생님이 밥을 억지로라도 드시게 했다.
어르신이
송창식 님의 〈왜 불러〉를 〈배불러〉로
바꿔 부르고 또 불렀는데
그 가락이 계속 입에 붙었다.
하루종일.

배애불러
배애불러
돌아서서 가는 사람이
배애불러
배애불러.

따라해 봐.
진종일 부르게 돼.

아침에 출근하면
대표께서 전날 있었던 일이나
자신의 생각들을 많이 이야기하신다.
나는
"아, 네네."
"그래요?"
"정말요?"
"어떡해요."
"아, 그렇구나."
추임새를 넣어 드린다.

오늘도 이야기를 시작하시길래
여느 때처럼 열심히 추임새를 넣고 있는데
무언가 말이 반복되고 이상하여
고개를 들어 보니

대표께서는
누군가와 통화 중이었어.

청포도 사탕 한 알

　여기저기 조금씩 아프기도 하고 어디론가 침잠할 시간이 필요하기도 했던 날들이 지나갔다. 그에게도 나에게도.

　딸들이 자기를 여기에 갖다 버렸다고 절규하던 아비는 길고 긴 겨울을 침묵 속에 걷고 또 걸었다. 아침 저녁으로 요양원 마당을 몇 십 바퀴 걷고 또 걷고, 눈이 오나 비가 오나 걷고 또 걷고. 계절이 흐르고 해가 바뀌어 그의 얼굴에서 이젠 시커먼 연탄빛 고뇌가 좀 걷힌 느낌이다.

　오늘, 이른 봄볕을 나누려 옆에 다가앉은 나에게 그가 주머니에서 부시럭부시럭거리더니 '청포도 사탕' 한 알을 꺼내 주었다.

며칠 전 발이 다쳐 절뚝대는 나를 보며 그렇게 걱정을 하더니 "괜찮냐?" 물으며 수줍게 건넨 그 사랑을 나는 바로 입에 넣어 녹였다. 마음이 닫혀 있으면 모든 것이 모질게 느껴지기도 하지만, 마음이 열려 있으면 일어나는 모든 일이 신의 사랑임을 알게 된다.

그가 긴 침묵을 깨고 입을 열어 이야기한다.

이젠 봄이라고
너무너무 따뜻하다고
이젠 모자랑 목도리도 필요 없을 것이라고
처음에 왔을 땐 딸들이 버린다고 생각했는데
이젠 그런 생각 안 한다고
그래도 강원도 집은 꼭 한 번 가 보고 싶다고.
저 나무에 집을 지은 까치가 꼭 아침 8시에 둥지에서 나간다고
매일 정확하게.

살아가는 이야기이다. 작고 보잘 것 없지만 진솔한 이야기.
어눌하고 잔잔하고 천천히 이 얘기 저 얘기 나누다 정신 차려 보니 세상에 금쪽같은 점심시간이야.

아, 참. 진심 담은 한마디는 잊지 않았지.
"청포도 사탕은 정말 마싯썽."

요양원에서 악명 높은 정인 어르신이 길 떠날 준비를 하고 계신다. 아들 셋의 집안을 다 박살내 놓고 아들들을 모두 아내와 헤어지게 했다던, 자식들마다 이간질해 형제들 간에 서로 얼굴도 안 보고 살게 만들었다던 어르신. 그나마 일 년에 한 번 명절 때 오는 아들 하나도 엄마 얼굴은 보지 않고 과일 박스만 툭 주고 간다.

누운 지 3일 째, "호흡기를 떼면 곧 돌아가실 것 같은데 어떻게 해야 하나. 이건 자식들이 해야 하는 고민 아니냐" 하는 대표의 근심으로 시작한 아침. 나는 어르신 침대 곁에 서서 숨 쉬느라 들썩거리는 그녀의 갈비뼈 진동을 가만히 느껴 보았다.

어떻게 살았든
사람을 죽였든 살렸든
누구를 파탄 내었든 말든
너무 힘들지 않게
거친 숨 속에서라도
용서와 너그러움의 빛이
그녀에게 임하시기를.

가슴으로 빌어 본다. 어쩔 수 없이 나는 또 살아야 하므로 그녀를 뒤로하고 점심을 먹으러 간다.

신나는 놀이

복지사가 곱게 만들어 놓은 것을
하나하나 똑똑 떼어 내는
어르신 놀이.
너무너무 신나는 놀이.

굴레

어제는 절대로 입소하지 않겠다는 아버지와 그 아버지를 향한 진노가 하늘을 찔러 더 이상 함께 살 수 없다는 아들이 요양원에 왔다.

결국 아버지의 고집에 입소가 안 되어 화가 난 아들이 요양원 주차장에서 아버지를 두들겨 패는 상황이 벌어졌다.
"너, 이 씨발! 땅 파서 흙에 묻어 버린다."
아버지에게 소리지르며 뺨부터 시작해 온몸을 강타하고 아버지의 지팡이를 빼앗아 휘두르는 아들의 분노를 보았다.
"죽여라, 죽여!"
소리치며 자신의 몸을 아들에게 내줘 버리는 아버지의 벌건 뺨이 보였다. 직원들이 말릴 새도 없이 순식간에 일어난 일이다.

언젠간 아버지와 아들의 위치가 바뀌어 일어났었을 일과 대물림하여 이어질 그 말들과 행동들.
그간 가정에서 벌어졌을 수많은 전쟁들을 통탄하며 돌고 돌 그들의 끔찍스러운 굴레가 보여 한참을 멍하니 서 있었다.

하늘이 회색빛을 띄고 있었다.

좋은 날

누군가를 위해

다리를 다쳤어, 다리를 다쳤어

종실 어르신은 치매가 매우 심하시다. 이름 쓰는 것도 잊었고, 말도 뒤죽박죽 전혀 소통이 되지 않는다. 처음 요양원에 오실 때와 다르게 너무 갑자기 상태가 나빠진 경우라 같은 층에 계신 어르신들로부터 바보가 되었다고 놀림마저 받고 있다. 평생 농사를 지어 굵어진 손가락 마디마디지만 순박한 웃음이 사랑스러운 어르신이다. 나는 정말이지 그녀를 사랑한다. 못된 마음 한 번 먹지 않고 남을 괴롭히는 일도 없고 욕하는 경우도 없지만, 휴지에 밥을 싸 드시거나 손으로 막 국을 퍼 드시거나 휠체어로 하루 종일 이 방 저 방을 돌아다니거나 하므로 손이 많이 간다.

얼마 전, 내가 다리를 조금 다치는 바람에 요양원 안에서 휠체어를 타고 돌아다니며 어르신들이랑 경주를 하며 논 적이 있었다. 그리고 며칠 치료 받고 오늘 다시 근무하는 나를 보고 어르신이 말씀하신다.

"다리를 다쳤어. 다리를 다쳤어."

세상에 자기 이름도 모르고 어떻게 밥을 먹는지도 잊혀져 가는 어르신이 며칠 지난 일을 기억하며 나를 챙기는 것이다. 그것은 치매 환자에게 있을 수 없는 일이다.

아픈 어르신들로부터 받는 위로는 마치 신으로부터 오는 위로와도 같다. 심장의 진실에서 나온 위로 같아 더욱 그러하다. 생각지도 않은 순간 바보 같은 입에서 중얼중얼 튀어나온 그 투박한 말이 다름 아닌 '사랑'이란 걸 내가 안다.

보고 싶다

숙진 어르신이
울고 있다.

엄마랑 오빠랑 언니가
보고 싶다며

흐느껴 울고 있다.

부활한 늙은 병아리들

아, 잔잔하게 졸려는 오는데
착하고 친한 할아버지 친구들이 양옆에 앉아
봄 햇살과 또 그런 바람을 느끼며
따뜻하다 따뜻하다 두런두런 나누는 이야기가
자장자장 자장가가 되더니
나를 깜박 잠들게 하는
파도 소리로 변한다.

지난 겨울
아파서 죽을 뻔했다는
할아버지들의
부활의 노래

죽을 뻔했다.
이젠 괜찮다.
겨울이 길었다.

삐약삐약
병아리들 같아.

이곳에서 일하는 동안 나는
이생에 온 목적에 대해
조금씩 깨닫는 과정이 될 것이란 걸 알았다.

나는 무엇을 위해 이생에 왔는가
내 영혼에겐 어떤 과제가 있는가
그 누구와도 나눌 수 없는 이야기들과
그 누구도 이해할 수 없는 아픔들을
그저 묵묵히 안으며
나 자신을 수용할 것이다
가만히 되뇌인다.

내 영혼은
깨닫는 만큼 깊어질 것이다.
이를 위해
안내하고 돕는 이들이 너무도 많다.

할배 할매라는 이름으로도
잔뜩 계시다.

그대인가

가만히 생을 돌아보면
결국 필요한 것은 무엇이건
다 갖게 되지 않았는가.

원하는 일은 천천히라도
차츰차츰 이루어지고 있지 않은가.

절실한 도움이 필요할 때
누군가 당신을 진심으로 돕지 않았는가.

누구에게나 단 한 사람
날개 달린 천사가 위장한 인간이
곁에 있다 한다.
바로 옆에서 늘 나를 돕는다고 한다.

누구일까?

눈치채고 싶다.

새 밑구녁

새들을 만들고 나서
종실 어르신께서
"새 밑구녁이 참말로 이쁘다."
말씀하셨다.

말은 핑계고

점심시간이 되어
식사 케어하느라
숙진 어르신 맞은 편에 앉았다.
숙진 어르신은
나를 보며 물었다.
"갖다 놨어?"
나는 또 대답한다.
"네, 갖다 놨어요."

이것이 치매를 앓고 있는 이들과의 대화법이다.
과정도 없고 뜬금도 없다.
그냥 갖다 놓으면 된다.
내 대답을 들으신 어르신은 깜짝 놀라며
큰 소리로 "뭐? 그때 간대?"라 물었다.

오랜 기간 이런 대화를 하다 보니
마음이 참으로 허무하기 이를 데 없다고 느끼던 중에
비로소 오늘 도착한 작은 깨달음.

'나는 여기서 어르신들과 말을 나누고 있는 것이 아니었다.'

내가 '말'이란 것에 집착하다 보니 '답답하다. 허무하다' 평가하게 되었던 것이다. 그들이 알아들어야 하고 알아듣게 말을 해야 한다는 틀에 갇혀 있었던 것이다.

말로 설레발치고 싶고

말로 사람을 지배하고 싶고

말로 사람을 홀리고 싶고

말로 과시하고 싶은 욕구들로 가득한

3차원 이 세상.

어차피 다 자기 하고 싶은 말만 하는 세상에 살다가

그런 것이 통하지 않는 세상에 처음 왔으니

내가 답답하다고 느낀 것이다.

하여, 말은 핑계고

그간 우리가 나눠 온 것은

사랑 에너지라는 결론을 내리며

따뜻한 점심시간의 사색을 마치었다.

말은 더디해도 마음이 따뜻한 사람이 되고 싶다.

말을 더디하는 사람들에게 성질내면서 욱하지 않고,

말 너머의 그것을 보고

또 되돌려 줄 수 있는 마음이 간절하다.

사랑의 대화

점심 드셨소.
-그라지.
뭐랑 드셨소.
-나도 맨들어서 올려놨어.
무엇을 맨들었소.
-다 막혔소.
누가 막았소.

이런 식이다. 사랑의 대화 그 자체가 아니런가.

어디서 배웠길래

작업 치료를 마치고 뒤돌아 나가는 작업치료사 선생님 등 뒤에 대고
욕쟁이 어르신께서
"미친 년" 하고 욕을 하고 있길래
"어르신, 나도 딱 뒤돌아서면 바로 미친 년이라고 욕하시는 거죠?"
물었더니, 어르신께서는
"너는 참, 어디서 배웠길래 그렇게 아는 게 많냐."
하시었다.

봄 딸기

어르신들이랑 만들 것이다.
어르신들이 가짜 딸기를
입으로 가져가지 않도록
정신 차려 봐야 한다.

두당 얼마, 더러븐 세상

사람을 돈으로 값을 매겨
사고 팔아넘기는 세상.
요양원 세계도 다르지 않다.

가족이라고는 동생 하나 있는 수성 어르신께서 갑자기 다른 요양원으로 가신다고 해 오늘 아침에 깜짝 놀랐다. 형을 이곳에 입소시키고 몇 년 동안 단 한 번도 찾아오지 않은 동생. 그동안 멀어서 못 온 거라며 가까운 데 모시기 위해 퇴소한다 했지만 요양원 브로커들의 짓이란 걸 모두가 안다. 어르신들 '두당 얼마' 이렇게 계산해 유혹하는 곳이 많다.

아프신 어르신들이 가장 힘들어하는 게 환경 변화다. 그간 자신을 익숙하게 봐 주고 이해해 준 이들을 떠나 낯선 곳에서 다시 힘들게 적응해야 하는 것이다.

수성 어르신은 오 분에 한 번 "물 좀 달라" 애원하는 분인데 새로 가시는 요양원에서 부디 구박받지 않고 지내실 수 있으면 좋겠다. 동생과의 사이에 어떤 업이 있길래 이렇게까지 버려지는지 모르겠지만, 그저 어디로 가시건 너무 외로워하지 않고 잘 지내시기를 바래 본다.

정작 어르신은 완전 잘 계시는데 어르신을 이런 식으로 갑작스레 모시고 나갈 때는 아쉽고 화가 난다.

우리는 늘 기적을 바라면서도
기적이란 것이
매 순간 일어나고 있음을
깨닫지 못한다.
일어나는 사건은
순간순간이
씨줄 날줄 직물같이 엮여
만들어지는 것이라
순간의 기적이 없다면
결코 일어날 수 없는 일 아닌가.

소중했던 무언가를
내 삶에서 놓아 버리게 될 때나
늘 믿어 왔던 마음이
접히거나 꺾일 때나

더 이상 길이 보이지 않아
삶의 운행이 정지되어 있을 때나
그동안 내 세상이었던 것들이
우르르 무너질 때나
망망대해
혼자 배를 타고 떠 있는 듯
느껴질 때나
끝도 없는 터널 속을
걷고 또 걸어도
빛이 보이지 않을 때
그럴 때 인간의 영혼이
얼마나 깊어지고 확장되는지

우리 머리로는
도무지 알 수가 없다.

드레스 코드, 블랙입니다

지난 주말
연정 어르신 손주가 면회를 왔다.

그런데 어르신께서 자꾸
요양원 현관 쪽을 가리키면서
"저기 검은 옷 입은 두 사람이 웃고 서 있다"고
말씀하셨다.

손주가
"누가 있다는 말이냐"며
계속 물어도
"검은 옷 입은 두 사람이 서 있다"고
계속 말씀하셨다.

그리고 어제 오늘
우리 어르신 두 분이
길을 떠나셨다.

오늘은 아침부터 어르신들이랑 요양원 테라스에서 햇볕 산책을 하였다. 아침에 종실 어르신 입이 약간 돌아간 것 같아 살짝 만져 본 어르신 손이 얼음장같이 차가워 걱정했는데, 계속 어르신 손을 조물딱거리면서 햇볕에서 한 시간 정도 놀았더니 다시 손이 따뜻해졌다. 산책 나온 남자 어르신들께는 바나나맛 쵸코파이에 커피 한 잔씩 돌리고, 여자 어르신들께는 후렌치파이 사과 맛을 잘게 잘라 입에 넣어 드렸다. 손을 움직일 수 있는 숙진 어르신은 아가처럼 입을 쫙쫙 벌려 받아 드시면서 "아! 참 좋다" 하시었다.

우울증이 심해져 지난주 내내 집에 가겠다고 하셨던 나의 가짜 큰아버지 기현 어르신과 (순전히 말로만)둘이 동해에 가서 오징어 회랑 광어 회를 떠먹고, 소주도 한 잔씩 걸치고 요양원으로 돌아왔다. 어르신께서 가슴이 답답하고 그래서 바다에도 가고 싶고 집에도 가고 싶다 하셨지만 어르신은 정작 갈 집이 없으시다. 어르신들의 공통 욕구는 "집에 가고 싶다"이다. 나는 오래전부터 '그 집은 어떤 집을 말하는 걸까' 생각해 왔다. 어르신이 사시던 그 3차원 세상의 집을 말하는 것이 아닐지도 모른다는 생각이 들었다.

아무튼 힘들었던 3월의 끝날이 이렇게 반짝이고 있네. 테라스에 틀어 놓은 고양이 자장가 선율이 어르신들을 엄청 나른하게 만들어 다들 봄날의 고양이처럼 녹아 내리고 있다.

우리 어르신들 마음에도 봄날이 이렇게 이어지기를.

겨우내 밭을 갈고 싶어
기다리고 또 기다리셨던
선종 어르신.

늘 해 오던 잘하는 일을 하고 싶은
그 마음이 너무 간절했는데
드디어 흙을 팔 수 있을 정도로
땅이 녹았다.

어르신은
세상을 향한 모든 아쉬움과 후회
애틋함과 그리움들을 땀으로 녹여 낼 작정이신지
오늘 밭일을 한꺼번에 너무 많이 하시어 몸살이 났다.
요양원에 저만한 밭이라도 있는 게 참 다행이다.

지금 그를 보는 모든 이들의
마음의 밭도, 영혼의 밭도
함께 엎어지고 갈려지기를.

포근한 땅속에 생명의 씨앗이 뿌려지기를.

지은이

페리도나는

삶에서 진짜 중요한 것들은 어쩌면 '어슬렁대다가 번뜩' 만나는 것일지도 모른다고 믿는 사람,

앞만 보고 빠르게 달릴 때는 알지 못했던 사랑의 깊이를 요양원 복도에서 어슬렁대다 마주한 사람,

앞으로의 삶도 요양원 복도에서처럼 기웃기웃 어슬렁댈 그런 사람입니다.

🅕 https://www.facebook.com/sena.yoon.754
🅘 Peridona27

이 책에 서술한 어르신 인지 프로그램은 다음 YouTube 프로그램을 참고하여 진행하였습니다.
지면을 빌려 고마움을 전합니다.
- 최사모 TV | https://www.youtube.com/@ChoisamoTV
- 힐링쌤 TV | https://www.youtube.com/@kokkuno15
- 이친구띤구 | https://www.youtube.com/@chinguddingu

죽으면 못 놀아
요양원으로부터의 사색

발행일 2023년 10월 30일 초판1쇄
　　　　2023년 12월 30일 초판2쇄

지은이 페리도나
발행인 오성준
발행처 아마존의 나미

편집 기획 김재관
본문 디자인 Bookmaster **k**
표지 디자인 강도하
인쇄 대성프로세스

등록번호 제2020-000073호
주소 서울특별시 은평구 통일로73길 31
전화 02-3144-8755, 8756
팩스 02-3144-8757

웹사이트 www.chaosbook.co.kr
ISBN 979-11-90263-22-1　03810

정가 19,800원